我的世界很小，有你刚刚好

七月蔚蓝＿著

北京联合出版公司
Beijing United Publishing Co.,Ltd.

图书在版编目（CIP）数据

我的世界很小，有你刚刚好 / 七月蔚蓝著. —北京：北京联合出版公司, 2017.4

ISBN 978-7-5596-0121-6

Ⅰ. ①我… Ⅱ. ①七… Ⅲ. ①故事—作品集—中国—当代 Ⅳ. ①I247.81

中国版本图书馆CIP数据核字（2017）第079512号

我的世界很小，有你刚刚好

作　　者：七月蔚蓝
责任编辑：熊　娟

北京联合出版公司出版
（北京市西城区德外大街83号楼9层　100088）
北京玺诚印务有限公司印刷　新华书店经销
字数：250千字　787毫米×1092毫米　1/32　印张：10
2017年6月第1版　　2017年6月第1次印刷
ISBN 978-7-5596-0121-6
定价：39.80元

如发现图书质量问题，可联系调换。质量投诉电话：010-82069336

回忆里的旧时光，在今天闪闪发亮。

这世上所有的失恋，或许只是因为，有个更重要的人在等你。

生活总爱给我们抛难题，请跟着心底的那个声音走。

告别那日我曾想，若时间能定格在这一刻该多好。

此生比想象中要过得快，请一定要，温柔以待。

少了一个人，一个城市就变了样。

一辈子太短，我想早一点儿遇见你。

目录 contents

Chapter 1 / **失恋俱乐部 002**

方野愣在那里，半晌才反应过来，居然有点儿想哭。

此刻，夜凉如水，轻风吹过张单的脸庞，她仿佛忽然明白了一件事：这世上所有的失恋，或许只是因为，有个更重要的人在等你。

Chapter 2 / **龙套人生 032**

十二点的新年钟声敲响，这一刻，马陆仿佛听到了心底的声音：世界上没有那么多主角，大部分人一辈子可能要甘于寂寞、甘于平庸。可是，就这样吧，这样也好。

从此之后，安于默默无闻；从此之后，享受平凡人生。

Chapter 3 / **遇见偶像未成名 062**

秋风乍起，健忘的网友终于不再关心徐一朗，转而关注另一起明星出轨事件，各大贴吧、论坛传得不亦乐乎。

我忽然觉得，童辛扬离开娱乐圈是对的。

Chapter 4 / **预知未来的奇妙恋人 094**

27 年了，夏小凉从来没有像喜欢周醒一样喜欢一个人。在夏小凉眼里，她早已认定，周醒就是自己的另一半。

只是这一次，她终于发现了自己的幼稚。

Chapter 5 / **人生交换师 124**

一切为时已晚。

感受到死亡的敲门声，彭斯坦挣扎着走向自己曾经的出租屋。

Chapter 6 / **猫小姐减肥日记 154**

有时候我觉得K君太温柔了一点儿，说白了就是酸。但“女汉子”做久了，慢慢也觉得，能够有人夸赞你、对你温柔也是极好的吧。

Chapter 7 / **好久不见，亲爱的你 184**

临别，老田有点儿失落：“可惜，以后大概没机会再见面了吧？”

初夏笑了起来，怎么会呢， 你以后见我的时间久着呢，我们会一起相爱10年……

Chapter 8 / **每个单身狗都有个守护天使 210**

姜北有些灰心，注定要做一辈子单身狗了吗？

算了。就这样吧。一个人也挺好，钱怎么都花不完的感觉，大把的时间可以出去旅行、和兄弟喝酒作乐……

Chapter 9 / **亲爱的，手机控 248**

是那句话让我哭得颤抖起来。

他说得对，我终于一点点变成了自己最讨厌的人。那一刻，我心底第一次生出了戒手机的想法。

Chapter 10 / **乒乓少女 276**

本来，我觉得自己满是道理，我对冠军才不感兴趣，可看着满屋子认真备赛的队友，忽然就有点儿心虚。

晚上我又失眠了，觉得非常对不住大家。去死吧，彭灿灿。

所谓纯粹，不是什么都不知道，空有一腔热血，而是明明什么都懂，依然不改初衷。

愿有人为你遮风挡雨，

即使没有，

仍能披荆斩棘，一往无前。

Chapter 1 失恋俱乐部

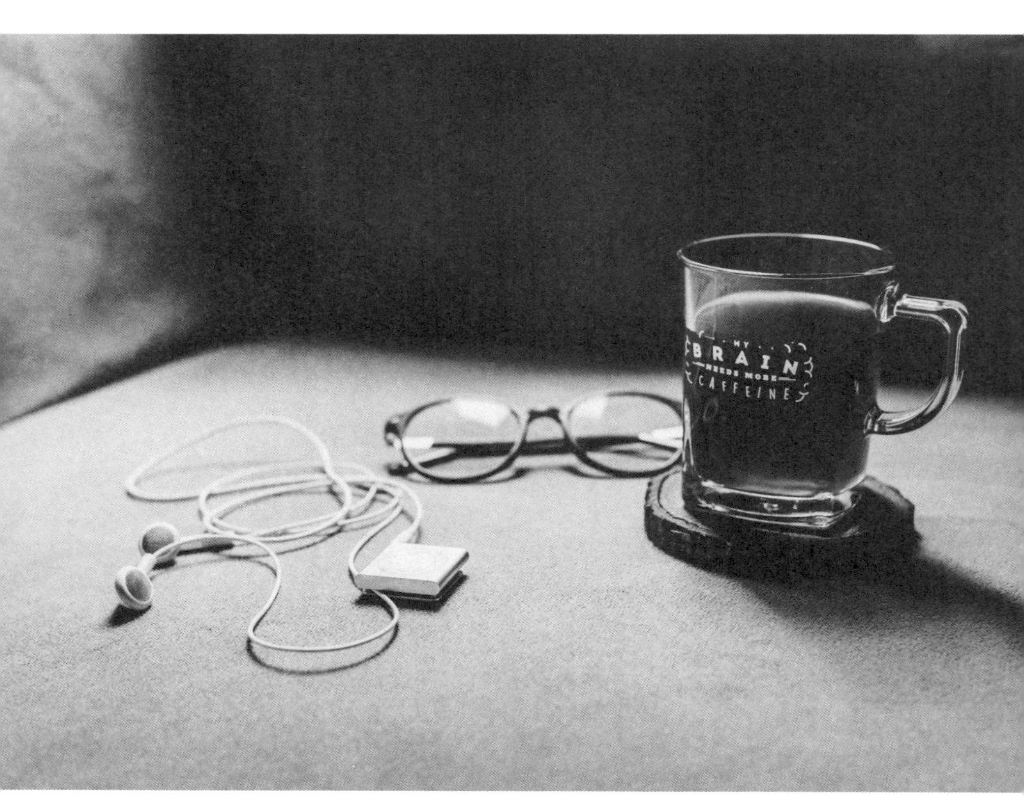

01

“我失恋了。”

“了解，来我们这儿的都是失恋的。”

“我和他们不一样，我特别严重。”

“您给形容形容？”

“这么说吧，每天哭三遍，茶不思饭不想，做梦都是那个烂人，一个星期瘦了五斤……”

“没了？”

“这还不够严重？”

“这程度太轻了啊，来来，2 号，你给接待一下。”

接待桌前，两张简约的沙发，方野和刚来的失恋客户聊了一会儿，丁小坦走过来接替了他的位置。丁小坦是失恋俱乐部的 2 号接待员，她的定位是专门开导那些具有自杀倾向的失恋顾客。

丁小坦人很温柔，给顾客倒了杯红茶，笑了起来。

“姐姐，听说您没打算自杀？”

“我自杀干吗呀，我就是失恋，觉得特别疼……”

“我接待的人里吧，您还真属于最不疼的……”

“你了解我们失恋的疼吗？”

“必须了解。”

“你失恋过吗？”

“基本业务素质。没失恋的到我们这儿应聘根本不要。”

“那你失恋的时候疼吗？”

“简单介绍下吧，我就谈了一次恋爱，但也勉强算是刻骨铭心。初恋嘛，从大一谈到大四，研一谈到研三，毕业那年跟着大伙儿一起失的恋……”

“哎哟，那可时间不短，看你年纪轻轻的，啧。”

“姐姐，您失恋多久了？”

“半个月了呢，还没缓过劲儿来，你说我是不是给伤狠了？”

“有点儿。这年头失恋都是一个下午搞定，多了就一个星期，撑死了一个月，我失恋的时候特傻……失恋了整整一年。”

“哎呀妈呀，那你咋过的啊？”

“头三个月，不瞒您说，度日如年，噩梦、失眠、厌食、抑郁、看心理医生……全家人一步都不敢离开我，生怕一不留神我就从窗户跳下去了。”

“哎呀姑娘啊……”失恋客户忽然哭了起来，“你说你这，可比我疼多了，恨那个浑蛋不？”

“这不过去了嘛。我都浪费一年去失恋了，哪舍得再浪费时间去恨他。”

“对对，还是你的失恋觉悟高。不愧是专业的。”

“姐姐好受点儿没有？”

“跟你一比，我这简直不是事儿。”

“可不是，我接待的那些，都是闹着割腕的、跳河的，最不济也是吞安眠药的……”

“说得我都有点儿不好意思了。不达标。”

“可别这么说。您这失恋程度刚刚好，现在不是半个月嘛，没事儿常来，我们这儿欢迎办会员，终生有效，以后失恋还能用。”

“我最好还是别老盼着这事儿了。”

“也对，下次争取直接步入婚姻殿堂。您看，我们这儿适合您的服务挺多的：陪哭陪聊、释放宣泄、愿望清单是基本治愈内容，规格大一点儿，还有报复前任、争取复合、开始新感情三项套餐。想要档次高呢，可以办 VIP 超级会员全项定制服务……”

“开始新感情比较适合我，你开始没啊？”

“我这会儿享受单身呢，公司都是失恋顾客，热恋的来应聘老板没敢招，生怕一不小心虐着人家了。”

“挺好，考虑周到。”

“别的不说，员工肯定失恋过，而且个个不重样，让失恋顾客都能找到感同身受的盟友。您不是一天哭三遍吗，上我们这儿来哭，哭完了还有补水保湿面膜免费送给您，补妆、修复一应俱全……”

“这么人性化呢。”

“我们公司倡导的可是‘潇潇洒洒失恋，开开心心治愈’的失恋文化，务必不能让大家觉得失恋凄凄惨惨戚戚。您不是要开始新感情吗？我们还有专门的培训师讲解脱单教程……”

“这个可以有，姑娘，给我来个会员吧。”

“好嘞。祝您度过一个愉快的失恋周期。”

02

失恋俱乐部共有五个人。

老板方野，是唯一没失恋过，甚至没谈过恋爱的人；副总张单，半年前连婚期都定好了，却在一夜之间被劈腿恢复了单身；“失恋王”王小飞，失恋次数达到两位数；辣妹颜欢，不相信爱情的“95后”，制造了一沓失恋对象；以及毕业就失恋的丁小坦。

眼看着俱乐部会员即将奔向50位，大早上一伙人便叽叽喳喳，准备好好庆祝一下。

谈笑间，一名穿金戴银、打扮高调的“贵妇人”推门而入，气势汹汹。

张单刚想上前，就被噎住了。

“我不找你，你们这里管事儿的是谁呀，我找领导。”

“我是老板。”方野走了过去。

“贵妇人”名叫司露，她上下打量了方野一会儿，又兀自到公司转悠起来。

“就这么大点儿地方，也能叫失恋俱乐部？”

“麻雀虽小，五脏俱全。”

“我要喝水。”

王小飞急忙倒了杯水给她。

“哎呀，白开水我从来不喝，我要依云矿泉水……”

大家面面相觑。

张单有些看不惯：“我们这儿不卖水，只谈失恋。”

司露瞪了张单一眼，有些不悦：“急什么呀，怕我没钱？想赶人怎么的，不是听说你们人性化服务吗，就这样？我看也就是个皮包公司。”

“既然我们这小庙容不下您这尊大佛，那您出去溜达溜达呗。”颜欢忍不住插话。

“气死我了，一帮什么人！”司露说着，甩了一把钞票出来，“我就一个事儿，你们把我前男友拉回来。”

司露刚说完，丁小坦扑哧笑了出来，又急忙止住了。

“能简单介绍下分手经过吗？”方野进入正题。

“我那前男友脆弱呗，我就是平时看看他手机，找人跟着他看看他去哪儿，又让姐妹试了试他对我是不是真爱……”

“查手机、搞跟踪、玩试探，作女的基本特点您挺全啊。”颜欢说。

方野急忙咳嗽了一下。

“就这么点儿破事儿至于分手吗？他就一个小心眼儿。我告诉你他上班的健身会所地址，你们去帮我摆平。说实话吧，我这前男友，虽说长得不赖，但是人穷志短，根本离不开我，要是不能让他回头，你们干脆关门大吉吧！”

大家感觉头顶有一群乌鸦飞过，但方野还是好脾气地忍住了：“解铃还须系铃人，我们也不是讨债公司，您不出面不合适吧？”

“我去还用你们干吗，再说了，我去多没面儿……”

“主要是想让他感受到您的诚意。”张单小心翼翼地说。

“我都来花钱了还没诚意？这年头啥都是放屁，诚意全靠人民币。”

“我有个办法，既能让您大放光芒，又能让您的小男友感受到满满的诚意。”颜欢说。

“你咋知道是小男友？”

“一看您这派头，那男孩肯定小您五岁不止吧。”

“小七岁呢，你还挺灵。你有啥办法？”

“他不是在健身会所工作嘛，我们就玩点儿时尚的，把您包装包装，到他的会所上演一出快闪追爱，到时候您华丽现身，吓他们一跳……”

方野又咳嗽了一下，低声冲颜欢道：“别瞎说。”

没想到，司露听完居然一拍大腿：“这个主意好，就它了！给我来个空降！”

几个人有点儿无语。但顾客就是上帝，大家折腾了好几天，弄了个花里胡哨的大纸箱子。

到了健身会所，一行人特别引人注目。司露的前任小男友也凑了过来，问大家有什么需求。

“就你，过来一下。”颜欢看过照片，一眼就认出了司露的前任小牛。

小牛莫名其妙，被按到了椅子上。

忽然，音乐响起。颜欢、丁小坦穿着性感的衣衫来了一段热辣的爵士舞，把全健身会所的人都看愣了。

不是来砸饭碗的吧？小牛想。

继而，王小飞也跳着不熟练的霹雳舞上阵了。热热闹闹了半天之后，眼看健身会所的人全都过来围观了，王小飞卡着点倒计时：五、四、三、二、一！

“砰”的一声，身后的彩色大箱子打开，钻出个人来，正是花花绿绿跟彩虹似的司露。司露张开胳膊，拿着个大喇叭喊：“小牛，亲爱的，我喜欢你，你喜欢钱，我们在一起吧！”

…………

小牛愣住了。

这一刻，他得到的不是惊喜，而是惊吓，似乎所有同事、顾客的目光都落在了自己脸上，仿佛每个人心里都在说：原来是傍富婆……

小牛觉得颜面尽失，当场与司露彻底绝交：“我再也不想见到你！”

趁司露还在那里纠缠，颜欢、王小飞、丁小坦偷偷地溜了回来。方野和张单问大家怎么样，几个人都不回答，急忙把门关上了。

方野心里明白了：砸了。

他忽然笑了起来，不砸才怪。

不一会儿，只听一阵猛烈的敲门声。

“躲得了初一躲不了十五。颜欢，下次再出这种馊主意，你自己背锅！”张单说着，上前开门。

颜欢心虚地点点头。

门才开了一半，司露猛地一推，张单往后一仰，一个趔趄倒退了好几步。

司露不说话，进屋就往里跑，看见东西就砸，花瓶、绿植、台灯、水杯，能摔就摔，能砸就砸。她雄赳赳，气昂昂，准备伸手去抱电脑，被张单一下子拦住了。

“疯了吧你？”

司露不管不顾，和张单打了起来。现场一片混乱，方野吓了一跳，急忙拦在中间，生怕张单吃亏。结果，司露一个“无影手”，方野脸上立马好几道印子，流出血来……

这时只听颜欢惨叫一声：“啊，流血了，出人命啦……”

“砰——”颜欢倒在地上。

“她，她晕血……”王小飞胡乱解释着，“哎呀，老板，你脸怎么破了，脖子又怎么回事？小坦，快，快报警。”

丁小坦假装报警，司露一看不对劲儿，吓得掉头跑掉了。

方野见人走了，关上门。

他踢了踢颜欢：“行了，别装死了。”

颜欢睁开眼睛，笑嘻嘻地一骨碌从地上爬起来。

失恋俱乐部一片凌乱，丁小坦急忙拿来笤帚打扫“案发现场”。

方野一脸严肃：“下次再出这种状况，扣工资啊。”

“砸烂的东西我负责报销，嘿嘿……”颜欢嬉皮笑脸，方野气笑了，跟着张单进了里屋。

颜欢是公司里最有钱的一个，富二代，自己还开着爆款淘宝店，她来俱乐部上班纯粹是觉得好玩。虽然年轻，颜欢谈过的恋爱却有一打。她讨厌在一棵树上吊死，最怕跟人聊“真爱”“一辈子”

什么的，谈恋爱就为高兴。

张单拿着创可贴给方野贴上，方野刚才的严肃完全不见了。

“哎哟哎哟。”

“别动。”张单说。

方野老老实实地一动不动。

方野其实是喜欢张单的，大概 20 年前就喜欢了。他们打幼儿园就相识，可张单太感性，说他俩太熟了，牵手没感觉，接吻会笑场，上床简直是灾难。

所以，好脾气的方野一直没好意思下手。

现在，眼瞅着张单再次“落了单”，方野的小心思又开始蠢蠢欲动了。

03

“1 号，你来接待一下。”方野喊王小飞。

王小飞走了过来，一看面前的失恋客户，就在心里暗自叹了口气。

又是一位矮穷矬。王小飞作为公司的顶梁柱，都快成为“失恋屌丝接待专业户”了。

果然，对方刚刚第 N 次被甩，很是愤懑不平。

“又失恋了吧？”王小飞开门见山。

“嗯。”

“第几次啊？”

“第四次了，你说衰不衰？”

“女朋友嫌你没钱？”

“可不是，跟着一个有钱的跑了，其实也就比我有钱一点儿。”

“哦，那没准儿是真爱。”

“怎么说话呢？”

“我这是经验之谈。要是跟大款跑了那叫傍大款，你看看你，挣扎在生存线上呢吧？租房子吧？租的房子五环外吧？跟人合租吧？对方要是只比你有钱一点儿，那连中产都算不上，你说不是真爱是啥……”

对方愣愣的不说话，王小飞都不用求证，就知道全中。

“跟你聊完，好像根本没被治愈，觉得自己更惨了。”

“真对不住，那咱聊点儿开心的。聊我吧。”

“聊你有啥开心的，你也失恋了？”

“说对了！”

“你第几回失恋了？”

“知道我为什么是公司 1 号吗？因为失恋我最大。我的绰号就是‘失恋王’。”

“那你起码得失恋五六回了。”

“不，不，不，失恋对我来说已经不能用数字来计算了，失恋就是我的常态，人家一个恋爱谈两三年，我一个月能被甩两三遍……”

“扯。”

“是吧，我的失恋已经到了不可信的地步了。”王小飞一脸伤感。

对方愣了愣，有了兴致。

“真的啊大哥，那你咋还活着呢？”

“要不就说呢，我还活得越来越脸皮厚了。觉得失恋就是个屁，我就是比人家多放两个呗，怕啥。”

“这么说，我都有点儿钦佩你了。”

“这不带谦虚的，我在俱乐部也算失恋一霸。而且虽说恋爱谈过不少，但周期都特短，每逢情人节、七夕、光棍节、圣诞节这种情侣疯狂虐狗的日子，我都单着……”

王小飞声情并茂，恨不能抹眼泪了。就在这时，他的手机响了，手机铃声是一首暴露年龄的老歌《没有情人的情人节》。

失恋客户一激动，急忙握住王小飞的手：“大哥，我信你了。”

王小飞淡定地笑笑：“我这人最大的特点不是频繁失恋，而是在爱情的道路上屡败屡战，坚信会迎来胜利的曙光。”

“哎呀，正能量！听君一席话，胜失十次恋。”

“爱情没有，咱还有朋友不是？做人得阳光。”

“大哥肯定人缘好。”

“只要长得丑，四海之内皆朋友嘛。我是这方面的受惠者。”

“大哥老幽默了……”

王小飞凑近：“我看咱俩也挺有缘，还有个绝招，一般人不告诉。”

失恋对象一喜，洗耳恭听。

“我吧，养了条狗，纯白博美。”

“这是啥失恋秘方啊？”对方有点儿摸不着头脑。

“我给狗起了个名字，叫美女。人家一打电话，问我干啥呢，我就说，哎呀，跟‘美女’散步呢，离开我不行，天天晚上都得叫……”

失恋顾客顿时爆笑：“大哥是高人啊。”

王小飞冲对方挤了挤眼睛：“你呀，养个猫啊狗啊的，起个名随便叫个小花、小翠的都挺好。人家聊起来，你就说，我们家小花还等着我喂呢，要不然不吃；我们家小翠还等着我抱呢，要不然不睡……是不是过瘾？”

“老过瘾了，我回去就整一条。”

“对了，你啥失恋诉求来着？”

“本来不甘心，打算报复前任，认识你之后舒坦多了。”

“不行。该报复还得报复，该发泄还得发泄。”

“咋整？”

“方案 A，绅士偶遇篇。穿上一身名牌，雇个模特女友，华丽地出现在前任面前，假装看不见她，高傲地从她的身旁走过……”

“挺拉风啊。”

“方案 B，痞子英雄篇。弄点儿道具，到前女友的现男友家一顿打砸抢，像黑社会大佬一样一条腿踩在桌子上，弹弹烟灰，警告他：大哥的女人不要随便碰……”

“挺刺激啊。”

“方案 C，浪子回头篇。带上 999 朵玫瑰，揣上一沓钞票，到前女友面前深情款款地说一句‘我养你啊！’等她两眼放光地跑过来，你转身就走，丢下一句‘想得美！’”

“挺带劲啊。”

“满意不？”

“绝对满意。”

王小飞递上一个本子：“那你看看，这是所需要的消费清单……”

客户看着密密麻麻的账单，愣住了。

“大哥，咱还是不整了……这，我连个零头都凑不够……”

“有火没撒出去？”

“有那么点儿。”

“还没钱？”

“能玩高消费咱就不用失恋了……”

“有道理，兄弟，跟我来。”

失恋顾客一愣，跟着王小飞往里走。王小飞推开一扇门，顾客愣住了。

柜子上密密麻麻地摆了一排排的盘子、碗等仿瓷餐具，地上全是抱枕，角落里有锤子、棍子，屋子里挂了沙袋，拳击手套就在一旁，再往里还有沙发、电视机、小木桌、台灯……

“你想象一下，到时候一边骂着前任那个浑蛋的名字，一边拳打脚踢，把这些砸个稀巴烂的感觉爽不爽？”

顾客一脸惊喜：“呀，爽死了。这些都让我砸？”

“出门左转第二个房间，去办个超级 VIP 会员，这些你随便砸，我们专门做了防护措施，想怎么过瘾就怎么过瘾，保证出来特别痛快。”

“太好了大哥，我现在就去办！”

顾客一脸激动，出门去办会员。

身后，王小飞松了口气：“耶！”

04

说起来，“发泄专供房间”还是受了司露一通乱打的启发。那些小桌子、旧家电都是从废品收购站收来的，稍微改装一下，安全刺激无公害，充分释放都市男女内心被压抑的情绪，无数顾客慕名而来。

失恋俱乐部的第 50 位会员，是位长发及腰的姑娘。

“我去，这样的大美女也失恋，还有没有天理了？”王小飞大老远眼睛就看直了。

“美女就不能失恋啦？没准儿胸大无脑呢。”颜欢不屑。

“我感觉我一见钟情了……”王小飞一脸痴呆。

“就你还想追她？五分钟内可以来失恋俱乐部报到了。”

美女叫卢男，谈笑间，卢男落座。王小飞勤快地端茶倒水，痛骂其前男友：“谁甩你谁瞎了眼……”

卢男听完似乎有点儿反感，丁小坦忙将王小飞拽开。

“请问有什么可以为您服务的吗？”

“我想……寄存点儿东西，不知道可不可以？”

“没问题，我们这儿虽然不是银行，但您如果要存钱，我完全可以代为保管。”王小飞嘻嘻哈哈，被颜欢猛地踹了一脚。

“和失恋有关？”

卢男指了指自己的头发。

“理发业务暂时还没开通……”王小飞说完，又被丁小坦踩了一脚。

“我男朋友比我大很多——”

“忘年恋？挺时髦啊你。”王小飞直接被颜欢踹到了地上。

“闭嘴。”颜欢指着他，又指指旁边一位宅男失恋顾客，“那是你的客户，现在过去，半小时内别回来。”

王小飞郁闷不已，恋恋不舍地离开了美女。

“一开始我们就知道这段感情注定走不到最后，所以恋爱那天就约定，在一起的时候，我永远不剪头发，看看我们在一起能有多久，头发能留多长……”

“哇噻，这得好多年了吧。”

卢男笑了笑：“就在上周，我们分手了，我也该理发了。但我舍不得把头发就这么扔掉，不知道能不能寄存？”

丁小坦愣在那里，失恋俱乐部每月都有新服务推出，可是寄存？好像还真没提上议程。

“您找对地方了，我们正在建设‘失恋博物馆’，专门帮助分手后的情侣存放爱情纪念物。您就是第一个寄存者。”

丁小坦一愣，不知道颜欢在瞎说什么。

“真的？”卢男很高兴。

“可不是，您知道的吧，克罗地亚就有一家世界级的失恋博物馆，收藏了来自世界各国分手情侣的纪念物。我们俱乐部虽小，但为了会员的失恋也是操碎了心，绝对不能让大家的‘青春’无处安放！”

“那真是太感谢了。”

“甭客气，下周您再来，妥妥布置好。”

女孩离开，颜欢被丁小坦拽到一旁：“我们哪有失恋博物馆啊？”

“没有就弄呗，走，先买道具。”

“啥？”

“网购啊，哎呀，你自己查去。”

丁小坦搜索了半天，发现失恋博物馆不但帮大家寄存情侣分手后舍不得扔的物件，还附上了小故事，作为一家“有故事的博物馆”，文艺又伤感。

颜欢的想法很快得到了老板方野的支持，几个人分头行动。不到一周时间，一间办公室改装而成的迷你版失恋博物馆就被布置一新。除了存储格子、故事字条，还有绿植相伴，萌萌的布朗熊和可妮兔公仔坐镇，门口更有一面大大的失恋墙，供顾客分享失恋絮语。

颜欢最先贴上失恋感悟：每个失恋的人都是一个祥林嫂。

丁小坦撇撇嘴，贴上去一句：挺住，死不了，一切都会好起来。

王小飞挑了个醒目的地方：谢谢前任们不嫁之恩！

大家哄笑。张单想了想，也贴了几个字：失恋你好，慢走不送。

没谈过恋爱的方野本不打算凑热闹，但张单非逼着他写。无奈，方野想了半天，贴上去的是：失恋证明曾和喜欢的人相爱过，我很羡慕。

贴完，方野看了一眼张单。张单反应过来，脸突然红了。

卢男第二次来，已经变成了利落的短发，大家一时竟没有认出来。王小飞不知廉耻地想追求人家，被张单乱棒恐吓，不许调戏客户！

为了保住饭碗，他才死了那条心。

丁小坦被卢男的故事触动，在俱乐部的公众号上发了一篇文章。没想到转载量巨大，不到半个月，无数失恋男女纷纷带着自己的“爱情纪念物”找上门来。

有人要寄存一枚戒指，原本男友说要等将来换成订婚戒指的，却终究没能等到那一天；有人要寄存一幅画，那是准备送给女朋友的生日礼物，可快递还在路上，女朋友就劈腿了；也有人要寄存一把吉他，当年暗恋的男生是吉他手，为接近他学起了吉他，但还没等学会，男神就毕业闪婚了；还有人要寄存一沓火车票，那是他们五年异地恋里最珍贵的纪念……

一夜之间，“失恋俱乐部”成了街头巷尾热议的话题。有老太太无法适应老伴的离去来求助，有小学生来哭诉同桌移情别恋了，上周还有人在失恋墙上写了一句话就走了：真羡慕你们年轻人，还有失恋的机会。

05

“这位先生，一看您就是土豪，我今天终于换了个档次。”王小飞看着一身名牌的中年失恋顾客，热情得像只哈巴狗。

“土字太难听……我可是读过书的。”

“对对，高富帅！”

中年男人笑了起来。

“高富帅先生，您有什么失恋诉求，我们一定满足。”

“打算和小女友和好。”

“嗨，其实像您这种身家，天涯何处无芳草……”

“到底能不能帮忙？”

“没问题！”王小飞差点儿立正再敬个礼。

忽然，“啪”的一声响，吓了王小飞一跳。

他转过头，是出门买咖啡的颜欢回来了，咖啡也不知怎么就掉到了地上，全洒了……王小飞顾不上心疼，热情地招呼颜欢，用眼神使劲儿暗示她：这可是位货真价实的金主儿！

但颜欢看也不看王小飞，径直冲中年男人走了过去。

“哟，您一把年纪了还玩失恋呢？”

王小飞以为颜欢吃错药了，急忙使眼色。

“怎么着，这次是跟多大的姑娘谈的，打算复合，还是让我们帮你再物色一个啊？”

王小飞被颜欢说蒙了，直拽她的衣角。

“对不起先生，我们这个员工不是故意的，她刚失恋，喝醉了……”王小飞胡乱编着理由，帮颜欢打圆场。

没想到，中年男人居然一脸尴尬，站了起来：“欢欢——”

男人居然是颜欢的父亲！

如果不是这次意外，大家还都以为颜欢就是个“会投胎”的骄纵富二代呢。

事实呢？虽然家境殷实，但从记事起颜欢的父母就感情破裂了。父母很奇怪，没有离婚，在家里上演冷暴力，两人几乎不说话，空气都是一股尴尬味儿。

小时候，同学都羡慕颜欢有豪车来接，但他们没注意，父亲和母亲从来都只是分开来接她。那会儿为了让父母说几句话，颜欢甚至故意考差、逃课、和同学打架、公开谈恋爱……年少叛逆的所有举动，都是从想引起父母关注开始的。当发现父母很排斥早恋后，颜欢反而跟来了劲头一样，今天和学霸表白，明天跟学渣逛街……

高中，母亲跟别人好上了，父母变得天天争吵，离婚的建议还是颜欢提的。自从母亲再嫁，父亲就开始不停地换女朋友，有时是大妈级别的，有时又是小姑娘，导致颜欢的性格也越来越无所谓，毒舌腹黑，像只刺猬。

大家没想到颜欢还有这样的经历，丁小坦支支吾吾想说点儿啥，颜欢急忙躲开："千万别和我玩煽情……"

"王小飞，你不是一直想宰有钱人吗？现在机会来了，使劲儿宰我爸！"

王小飞愣愣地，不知道该说好还是不好。

"这老头儿一贯喜新厌旧，今天求复合没准儿是真爱，能帮还是帮帮他吧。"颜欢想了想，低声补充。

王小飞点点头。

"但你要是敢给我弄出个小妈来，我一定敲死你！"

王小飞快哭出来了："亲祖宗，你到底是想让我帮还是不帮啊……"

颜欢自己也愣住了。半晌，办公室里爆发出一阵肆无忌惮的笑声。

06

除了一对一单向沟通，俱乐部还在周末组织“失恋阵线联盟”派对。王小飞带着大家边做操，边痛骂前任：“抛弃我的都是浑蛋！”

“谁甩我谁没眼光！”

“终于分手了好开心，感觉下一任是彭于晏！”

…………

一群失恋的人被逗得前仰后合，王小飞却板起脸：“不许笑。咱们失恋的人得严肃点儿，看电影不能看喜剧，听歌不能听欢快的，连‘大河向东流’都不行……”

“那听啥歌？”

“陈小春。全是失恋歌，可过瘾了。”

说着，王小飞唱了起来。

我爱的人，不是我的爱人。(《我爱的人》)

神啊，救救我吧，一把年纪了，一个爱人都没有。(《神啊救救我》)

我没那种命呀，她没道理爱上我。(《没那种命》)

“哈哈哈，惨不惨，失恋就得这个味儿。傻乎乎换发型啦，旅行散心啦，海边发呆啦，正儿八经地难过几天，实在不行休个‘失恋假’，专心失恋，心无杂念！”

…………

“为失恋干杯！”

夜凉如水，一群人集体举杯。

王小飞感觉自己的失恋特长得到了极大发挥，很是欣慰。

只是，他想不到，竟真的有一名萝莉给自己放了“失恋假”。

何淼淼在失恋之后果断辞职，美其名曰“响应号召专心失个恋”。小姑娘一看就是不缺钱的主儿，来俱乐部的主要原因是孤单寂寞冷。

“我失恋了我要吃小龙虾！”

“我失恋了我要看电影！”

“我失恋了我要花钱啊！”

王小飞一听，自告奋勇当陪同。何淼淼用嫌弃的小眼神瞥了王小飞一眼：“不好意思，我可是外貌协会的……”

王小飞不甘心：“你这审美不行啊。我公司就我一男员工。看着办吧。”

“那怎么行，我要帅哥陪呀。俱乐部就你一个男人吗，你们也太——”何淼淼没等说完，扭头看到了正和张单核对工作的方野。

何淼淼大手一挥：“我就要他！有男人味的大叔才是我的菜。”说完，何淼淼大步朝方野走去。

大家吓了一跳。

丁小坦：“他可是我们老板！”

“老板好，老板适合我。”何淼淼欢天喜地，边说边挎起了方野的胳膊，“走，我们逛街去。”

方野哭笑不得。

“顾客就是上帝，你不能不陪我……否则我一哭二闹三上吊，再到网上黑你们。”

方野无奈，这年头失恋的妹子都是属小祖宗的，他跟何淼淼谈条件：每天最多“陪玩”两小时。

何淼淼一口答应，接连几日，她像个热恋少女，蹦蹦跳跳地来约方野，午饭、晚饭、夜宵一个都不能少。

张单看似无所谓，却渐渐话里带刺：“看上人家小姑娘了吧？年轻漂亮又主动，两小时不够的话我加点儿班多给你腾出点儿时间……”

一办公室人都闻出了“火药味”。

大家知道方野一直在追求张单，但张单什么时候掉转风向吃起醋了？

晚上，方野第一次爽了何淼淼的约。

“你今天是在吃醋吗？”方野笑呵呵地问张单。

“想得美。”

方野依旧一脸美滋滋的：“我就说嘛，你对我不是没感觉的……”

张单还在嘴硬，方野一把握住了张单的手，张单急忙将手抽了出来。

夜里，张单辗转反侧，她怎么也想不明白，认识二十多年了，怎么会突然吃起他的醋呢？

这半年，张单几乎每天和方野在一起，白天一起上班，晚上一起吃饭，周末一起爬山，不是情侣胜似情侣。但每次方野想暗示点儿什么，张单总是凶巴巴地警惕道：“不许趁火打劫！”

可是，难道自己真的喜欢上他了？张单有些糊涂。

07

张单是因为失恋才加盟俱乐部的。

确切地说，是因为张单的失恋，方野才决心创办失恋俱乐部的。

这世上有一种姑娘平时机智无双，一恋爱就脑子进水，张单堪称其中的“佼佼者”。而方野就是她失恋后的倾诉对象，俗称“垃圾桶男”。

但是，半年前，张单本打算从恋爱走向婚姻，结果一个不小心从恋爱走向了分手。她顿时感觉“一颗心被雷劈成了800瓣”，跑到方野那里求安慰。

可是,像方野这种爱情白痴,和他谈失恋简直就是“对牛弹琴”。方野在默默听张单倾诉了两个小时、吃完了五包薯片之后，也不知道是哪根神经错乱，蹦出了“失恋俱乐部”这么个二次创业的馊主意。那时候，他的IT公司刚刚倒闭，办公室租金还有一年半才到期。张单失恋的尴尬让他觉得：这年头失恋的人这么多，失恋治愈绝对是一种社会刚需。

于是，张单就被他稀里糊涂地拖下了水。

但张单同时也是庆幸的。本以为“婚前被甩”得伤春悲秋个小半年，结果在失恋俱乐部的好处，就是没有最惨，只有更惨，无数奇葩的失恋现场撑起了张单顽强的失恋意志。她感觉自己的伤疤不那么疼了，前任也不那么面目可憎了，有种欣欣然活过来的感觉。

唯一没想到的是，冤家路窄。

就在张单打算迈向新生活时，她的前任郭悦居然到失恋俱乐部来报到了。

张单感觉受到了二次伤害：我还没来得及恋爱呢你都失恋了，臭男人！

方野一看，急忙将张单藏进了办公室，但郭悦不干了。他捶着门大喊："单单，我是因为忘不掉你才被对方甩的，我们和好吧，单单……"

方野气得像头小狮子，叫王小飞把郭悦轰了出去。

这年头，斯文人往往受气又被动。郭悦深谙此道，因此不管张单怎么说，他坚信只要脸皮厚，没有挽不回的前任。从此，郭悦每天都在俱乐部楼下等，到张单家门口堵，一天 N 个电话，礼物不是鲜花就是消费卡，找准机会就玩"壁咚"戏码……

张单也从起初的气愤，渐渐转为抱怨、嗔怪……

"再这样下去，老板娘就变成别人老婆了。"大家愤愤不平，皇上不急太监急。

这还不算，郭悦居然约了方野私聊，一把鼻涕一把泪地煽情，说自己和张单这些年如何如何不容易，又信誓旦旦地说离不开她，就差配个哀乐了。

方野作为一个爱情弱智，一忽悠感觉马上就要投降了，问对方："你确定会给她幸福？"

郭悦连连承诺，忠贞的表情不当演员真是可惜了。

方野很是失落："好吧——"

"什么好吧？拿我当玩具送人呢？"

方野和郭悦同时愣住了，是张单。

"郭悦，我原谅你不是要和你和好，而是你对我已经不再重要。以后别来了。"张单说完转身走人，留下两个男人呆立在原地。

颜欢、王小飞、丁小坦从一旁闪了出来，对方野有十万个恨铁不成钢："你倒是快追呀！"

方野急忙跟了上去。

两个人在一所学校附近停下，方野看着张单，仿佛回到了很多年前，他第一次表白，被张单一口回绝。

方野鼓足了勇气，却仍有些底气不足，一张口说出来的是："要不然我们试试吧，你不喜欢我可以甩了我呀，给我一次失恋的机会——否则，我都不好意思当俱乐部老板了……"

张单扑哧笑了。

她看着方野，一本正经道："念在你一把年纪的分儿上，勉强给你一次恋爱的机会。至于失恋嘛，如果公司有个从来没失过恋的老板，或许更有吸引力吧。"

方野愣在那里，半晌才反应过来，居然有点儿想哭。

此刻，夜凉如水，轻风吹过张单的脸庞，她仿佛忽然明白了一件事：这世上所有的失恋，或许只是因为，有个更重要的人在等你。

Chapter2 龙套人生

01

很快就是元旦了。

马陆走在凌晨的街道上，仿佛一头就要栽下去。“孤魂野鬼”说的就是自己这样的吧，他想。

本来，马陆今天是要和女朋友丛肖肖结婚的。但是三天前，丛肖肖忽然不见了。发信息不回，打电话关机。没有人知道她的去处。

逃婚呗。大家都这么说。

不知走了多久，马陆看见了一家小酒吧，窄窄的一家像是嵌在巷子里，名字有点儿文艺，叫“人生洗牌”。

洗你妹的牌，人生又不能重来。

马陆嘀咕着，推门走了进去。但凡有点儿理智，马陆就该知道，自己现在连一杯酒的钱都拿不出来。管他呢，他甚至不知道明天会不会一头跳进河里……

酒吧里出奇地冷清，只有个貌似老板的中年男子。

马陆掏出身上所有的零钱：十九块八毛。

呵呵。

老板端来一瓶酒。

“我还没点呢……”

“我这儿只卖一种酒。”

“真惨！比我还惨……怪不得连客人都没有……”马陆笑起来。

很快，一瓶酒喝空。老板又递来一瓶：“请慢用。”

马陆把十九块八毛零钱扔在桌子上，又摘下脖子上的项链、屁兜里的巧克力，往桌子上一拍：“没钱了……就这些。巧克力特别贵，本来是给我女朋友的……”马陆忽然心里一酸，前几天还没吵架的时候，丛肖肖说想吃巧克力，马陆嫌她奢侈，可现在，马陆用身上最后的钱买了超市里最贵的一小块巧克力，却再也找不到丛肖肖了……

老板跟没听见似的，笑笑离开。

酒吧里放着陌生的轻音乐，马陆倒了一杯又一杯，喝到最后哭了起来，他一边哭一边痛苦地想：我这种人，活着一点儿意义都没有。我就不该来到这个世界上……

02

马陆 29 岁了，再有几天，就要步入“而立之年”。

立个屁。他想。最好的朋友离开了，未婚妻不见了，辛辛苦苦攒的钱被骗光了……什么叫倒霉蛋，自己就是个彻头彻尾的倒霉蛋。

马陆把头埋在酒吧桌子上，伤心得像个小孩子。

马陆是个“死跑龙套的”。他出生在著名的影视基地——浙江横店。爸爸是龙套，妈妈是龙套，连两个发小儿也是龙套。男的叫蒙帅，一心想当电影明星，取了个艺名“蒙太奇”；女的叫豆豆，是个文替（文戏替身）演员。

小时候三个人一起玩，蒙太奇最帅，豆豆最活泼，马陆像个背景板，毫无特色。14 岁，蒙太奇就和豆豆谈起了恋爱，其间分分合合数百回，终于还是扯了证。

上个月，国内某著名导演来为一部电视剧海选角色。蒙太奇不知走了什么狗屎运，居然被选走了。因为要去北京培训半年，豆豆一块儿跟了去。临走，豆豆和丛肖肖抱头痛哭。蒙太奇没这么伤感，大手一挥：“等我当了明星，让你俩一个给我当经纪人，一个给我当保镖。”

马陆很羡慕蒙太奇，一把年纪了还活在对未来的幻想里。

蒙太奇刚去北京那会儿，兜里比自己还干净。他有笔横店的费用还没结，一天给马陆打三遍电话：“亲哥，你得帮我催催啊，地下室我都快住不起了……”

蒙太奇没有向自己借钱，但马陆知道，就他那笔费用能结才怪。横店就是这么个地方，吃了上顿没下顿，而且盒饭进嘴、钱拿到手之前，什么都是虚的。

马陆想了想，自掏腰包给蒙太奇打了2000块钱过去。蒙太奇当晚就激动地来电话了，说是剧组钱结了，生活费有了，他和豆豆吃了顿麻辣烫，请副导演吃了顿火锅，对方说自己演得不错，这个角色铁定是自己的了……

马陆也挺高兴的。他寻思着，扣除这2000块，自己还有一万多块，结婚不成问题。灯光啊、鲜花啊、乐队啊干脆都找熟人，到时候再找几个舞龙舞狮子的龙套哥们儿来热闹热闹，那场面……

他光想着就笑出了声。

马陆很早就想和丛肖肖结婚了。

丛肖肖是一名武替（武戏替身），每天要刀弄枪，在剧组里替主演做最危险的动作。刚好上那会儿，她的口头禅是：“我可是要当横店第一武替的人！”

“那我就要当第一武替的男人！”马陆嬉皮笑脸道。

马陆是典型的晚熟，25岁才在一次拍戏时遇到丛肖肖。从前当单身狗，马陆最瞧不顺眼那些情侣，看见别人稍微亲密点儿就吐槽：“你看那个黏人的，跟死了半截子似的。”“都快瘫对方身上啦。”“秀恩爱，分得快，越秀越不爱……”

遇到丛肖肖他才明白，自己恋爱起来比别人还不要脸。

可马陆一直没存下什么钱，这让他这个大男人很伤自尊。本来就没女朋友赚得多，他可不想结婚的时候太寒酸。

因此，马陆硬着头皮把婚期拖了一年又一年……直到今年，成为“群头”的他终于攒够了两万块，才一把抱住肖肖说：“我们结婚吧。”

马陆记得，那天，丛肖肖的眼眸里闪烁着明亮的光。

忽然，什么都没了。

“好人没什么好报。”

马陆喝光了一瓶酒，头痛欲裂。

“也许事情没那么糟。”酒吧老板说。

“你懂什么。拿酒拿酒。”

酒吧老板将两个酒瓶对在一起，手掌向上轻轻一敲，“嘭”的一声，瓶盖飞起。

换作平时，马陆肯定会拍手叫好。可现在，他只剩下一颗破碎的心。

前段时间，横店来了个新剧组。负责联络的叫老秦，说是需要大量群众演员。马陆很高兴，作为小群头，他把自己的群演兄弟都叫了去，大家早出晚归地拍了一周，结果临到结账，老秦居然卷款逃跑了……

马陆看着空荡荡的房子，心底一片荒凉。那三十来个群众演员都是自己叫去的，他坐在地上挣扎了半天，决定自己贴钱给他们。虽然也有哥们儿很仗义，大锤和小六不肯要马陆的钱，说差这几百块也饿不死，但马陆过意不去，没差任何一个群演的片酬。

他知道,对于很多一穷二白的“横漂”,这笔钱就是根救命稻草。

付完了三十来个群众演员的片酬，马陆只能裸婚了。

从肖肖和马陆大吵了一架。

她没那么小气，吵架才不是因为马陆贴钱给弟兄，而是当从肖肖提出用自己的存款结婚时，马陆居然一口否决了，说自尊心受不了，准备把婚期再往后拖拖……

“我看你就是长了一身的自尊心，不小心碰到哪儿都自尊心受伤！”从肖肖气呼呼地说完，“砰”地摔门而出。

马陆呆立了一下午。

从肖肖说得对，自己这么穷，要这么多昂贵的自尊心干吗？为了结婚，肖肖从22岁等到了26岁，可现在连嫁衣都买好了，难道还要因为自己继续拖下去？

万一自己到死都是个穷光蛋呢？

第一次，马陆磨开面子，找到群演兄弟，说自己什么活儿都接，哪怕死尸、跳河、剃头、抬轿、淋雨挨打、披麻戴孝……都无所谓。

人穷志短，金玉良言。在横店，一旦做了特约演员，很多人宁愿饿死也不愿退回去做群众演员。可这会儿马陆心里只有一件事：不能再让肖肖失望了。

然而，马陆没想到，当他在剧组里拼死拼活地跑龙套时，从肖肖居然消失了。

肖肖已经三天没回家了。马陆问遍了认识的每一个群众演员、替身演员甚至选角导演，都没有见过从肖肖。

有兄弟说，不用找了，逃婚了呗，我之前就这样。谁愿意嫁给我们这种一穷二白的龙套？

马陆一下子颓了下来。

遇到从肖肖之前，他觉得女人嘛，没了可以再找，但现在，纵然天底下女人无数，他想要的也只有从肖肖一个。

马陆忽然觉得心里空荡荡的。他看不到自己活着的意义，也看不到活下去的动力，他好像什么都看不到了。于是，龙套不跑了，戏也不接了，一天到晚地睡觉、打牌、喝酒。

很快，兜里几乎分文不剩。确切地说，是还剩下十九块八毛。

03

这个凌晨并没有比其他凌晨更好受一些。

这家酒吧的酒并没有比其他酒吧的更醉人一些。

马陆一杯接着一杯，在心里反复地想：我这种人，就不该来到这个世上，真希望我压根儿就不存在……

04

一觉醒来，已是清晨。

马陆横躺在大街上，根本不记得昨晚发生了什么，自己又怎么会睡在大街上。

他只是觉得阳光有些刺眼。

在横店，群众演员四点就要起床去等戏，虽然去了也未必能等上，但仍然怀揣侥幸日复一日。马陆一直觉得，横店是个比别处更早天亮的城市。

忽然，几个群演兄弟匆匆忙忙往东边跑去。

“小六，今天有什么剧组？”马陆拦住一个兄弟喊。

“嗯？你怎么认识我？”小六疑惑地看着马陆，然后跟着队伍跑远了。

马陆一愣，小六这是哪根神经不对了说胡话？

马陆又拽住另一个小兄弟：“大锤，你们都往那边跑什么呢？”谁知道，大锤竟然和小六的反应一样，先是愣了一下，然后问：“我认识你吗？”

马陆傻眼了。跟在大锤后面的一个龙套经过，对马陆说：“剧组欠钱逃跑了，有个群演哥们儿自杀了……”

马陆大惊，急忙跟着大家向前跑去。

05

一具湿淋淋的男尸躺在河边，穿着不同年代戏服的群众演员围在四周，那画面很有些穿越感。

马陆挤进人群，忽然，他失声叫了起来：“茄子！”

地上躺着的尸体，竟然是兄弟“茄子”。

茄子是个“横漂”，今年刚满18岁，人单纯，又爱笑，因此大家都喊他茄子。在横店，几乎没有人在乎你本名叫什么。

茄子怎么会死呢？马陆想不明白。他明明记得就在昨天，茄子还和自己说，父亲身体恢复得越来越好了，他很高兴终于能够给家里赚钱了……

马陆抓住身边的群演兄弟打探，但令马陆崩溃的是，明明是朝夕相处的好兄弟，一个个却都跟不认识自己似的。

马陆完全蒙了，这一夜究竟发生了什么？

终于，有人告诉马陆，有个剧组负责人临结账卷款逃跑了，小群头给大家发不出钱，心虚也跑路了。于是三十来个群演兄弟都跟着遭了殃，虽然只有几百块钱，但对很多人来说就是救命钱。茄子家穷，前几天父亲病重，买药借的200块钱还没还，茄子本指望这笔钱给父亲治病的。结果，钱没拿到，药没买成，债主到家里催债，父亲居然深夜撒手人寰了……

母亲早晨起来发现老伴儿不在了，债主依然堵在门口，干脆吃了安眠药。

得知消息的茄子懊悔不已，觉得这一切都是自己没能为家里赚钱的错，于是大半夜跳河自杀了……

马陆目瞪口呆。

他急忙打听了一下携款逃跑的剧组名称，差点儿一屁股坐地上。居然是前几天害自己垫进去一万多元的剧组,负责人也是老秦，这怎么可能？

马陆的思绪彻底乱了，自己明明给大家结账了啊！而且，没道理那个剧组敢跑回来再坑大家一回，当时老秦携款逃跑可是横店群演中的大新闻。

为什么一夜之间变成了这个样子？

马陆想来想去，想到了那家酒吧。

这会儿，他才觉得酒吧有些奇怪。

对了，老板根本就没收自己钱……

是不是酒吧捣的鬼？让自己出现幻觉了？

06

马陆记得，那家酒吧好像叫“人生洗牌”。奇怪的是，他找来找去，都没能再找到这家酒吧。

马陆感觉自己要疯了，难道这一切都是做梦吗？

很快，马陆看到了一个更“梦幻”的画面，自己最好的朋友蒙太奇和豆豆居然正在一部古装剧里演戏。

蒙太奇演太监，豆豆演丫鬟。

马陆傻眼了，他们俩不是去北京了吗？

而且，豆豆做文替不是做得好好的吗，演什么丫鬟，穿着别扭的鞋子走上一天，也没有给别人做“手替”赚钱多呀？

马陆彻底糊涂了。意外接踵而至，马陆在横店认识的所有人，仿佛都不认识他了一样。

而且，马陆竟然看到了逃婚的丛肖肖。

除了激动，更多的是震惊。她一个资深武替，这会儿居然和大多数新来的“横漂”一样，在一场战争戏里躺在地上演死尸？

真是疯了！

马陆想，她可是要做“横店第一武替”的人哪！怎么能演是个人就能演的死尸呢？

终于等到这场戏结束，马陆疯狂地跑过去，一把抱住了丛肖肖。离开肖肖的这段日子，自己简直活得跟个幽灵一样。

从肖肖愣住了，马陆一边喊着“肖肖，我好想你”，一边就要去吻她。

忽然，“啪”一巴掌，结结实实地打在了马陆脸上。

马陆呆住了。

继而，从肖肖一脚踢过来，马陆顿时感觉下体疼痛不已。“臭流氓！”从肖肖骂了一声，一瘸一拐地走了。

肖肖的腿怎么了？

马陆忍不住上前拦住肖肖。肖肖吓了一跳，大声喊叫着，很快有几个群演兄弟帮忙，把马陆揍了一顿，扔到大街上……

马陆感觉自己离发疯真的不远了……

07

一定是那家酒吧有问题！

马陆回忆了无数遍，这一切变化之前自己只去了那家奇怪的酒吧。

一连几个夜晚、凌晨，马陆不眠不休地在横店乱转，他不相信酒吧会平白无故消失。

果然，这天凌晨，他在困得差点儿一头栽地上时，又发现了那家酒吧。

马陆愤愤地闯了进去。

酒吧依然没有其他客人，只有那个怪老板。

马陆上前揪住对方的衣领：“你究竟对我做了什么？”

老板不说话，就那样静静地看着他，最后看得马陆都有点儿不舒服了，下意识地松了手。

马陆缓和了下语气：“为什么横店的龙套兄弟、我最好的朋友、我的女朋友好像都不认识我了？你肯定知道原因！”

老板依然不说话，给马陆端来一瓶酒。

“这酒有毒吧？我可不敢喝。”马陆说。

“酒是好酒。”老板终于开口。

“到底为什么会变成这样，求求你了，再不告诉我我就要发疯了！”

“别浪费了。”老板指着酒，答非所问。

马陆想发火，却又不能，他竭力遏制住怒火，将一瓶酒喝下肚子。

“现在能告诉我了吧！”马陆说。

“我这酒可是有灵性的，你上次喝酒前是不是许了什么愿望？”

“老婆都跑了，我哪有心情许什么狗屁愿望。”

“那我就不知道了。”

老板转身想走，马陆急忙挡在他前面，一脸无助。

“你仔细想想，确定没有祈祷过任何事情？”老板问。

马陆认真回忆起来，那天晚上究竟想了些什么呢，喝断片儿了，谁记得啊？

他只记得自己心情糟透了，感觉这辈子就是个死跑龙套的，活着根本没有意义，他真希望自己从没来过这个世界——

马陆忽然愣住了。

是的，马陆许愿了。马陆想，如果这个世界上根本没有自己就好了，大家就不会痛苦了。

所以，第二天清晨醒来，这个愿望居然变成了真的？自己从未出生，这个世界上没有马陆这个人。所以兄弟不认识他，发小儿不认识他，女朋友也不认识他？

老板点点头，默认了他的推断。

“这不可能！”

与其说马陆刚才不知道答案快疯了，这一刻他才是真的疯了。

一个大活人怎么会凭空消失？

“你胳膊上的伤疤不在了吧？”酒吧老板反问。

马陆吓了一跳，他怎么会知道自己胳膊上有个伤疤的？

“你到底是谁？”

“这不重要。”老板平静地道。

那个伤疤，是马陆在一次拍戏时为了救豆豆留下的。

小时候，在他们三个人的世界里，男主是蒙太奇，女主是豆豆，马陆是路人甲。而那天是他人生里为数不多的“抢戏”时刻。

小学五年级，他们接了一部古装戏。本来很平常的一天，但爆破时突然发生了意外。隔了许多年，马陆还记得当时的场景，所有演员四散逃窜，哭喊声一片，熊熊大火就像猛兽一样忽然出现在面前。马陆和蒙太奇跑了许久，才发现豆豆没有跟来。

他们哭着又跑了回去，只见豆豆蜷缩在屋子角落里，被大火挡住了去路……蒙太奇哭喊着向身边的大人求救，但现场实在太乱了，根本没有人理会他。

眼看火势越来越猛，马陆心一横，冲了进去。很快，他感到浑身灼热，火光冲天。

“这是要死了吗？可是，我还有好多事情没来得及做呢……”

生死关头，马陆仿佛找到了人生目标，一口气背着豆豆跑了出来。

虽然马陆的胳膊上从此多了一道抹不掉的伤疤，但他喜欢这个伤疤，它是自己活在这个世上的一个证明。

那道伤疤陪伴着马陆长大，为他不起眼的少年生涯平添了一抹亮色。

可就在前几天，马陆忽然发现胳膊上的伤疤居然不见了。

简直匪夷所思。

但这两天的怪事情实在太多了，马陆觉得头像炸了一样，根本没来得及细想。

“所以，火灾没有发生？”马陆问。

“不，火灾发生了，但因为这世界上没有你，没有人进去救豆豆。火灾之后，豆豆的皮肤被严重烧伤，手、胳膊、腿、脖子上都有伤，再也不可能演文替了……”

“瞎扯，豆豆演了好多替身，你现在打开电视就能看到她的背影……”马陆几乎要跳起来，老板说的每句话都让他想炸锅。

“自己去看吧，他们就在外面拍戏。”

马陆一愣，跑出酒吧。

果然，不远处有个剧组在拍夜戏。一群群众演员疲惫不堪，行尸走肉般地在那里来来回回，其中就有豆豆和蒙太奇。

马陆悄悄地走近，他愣住了：豆豆身上的伤疤那么明显，她走路的时候总是低着头，一副没精打采的样子……不，这根本不是自己认识的那个水灵活泼的豆豆！

08

马陆跑了十几年龙套，总以为在横店见够了令自己大跌眼镜的奇闻异事。而这一次，他彻底凌乱了。

马陆比豆豆大一岁，算起来，他们光屁股的时候就认识了。小时候，豆豆跟着马陆和蒙太奇跑龙套，长大后因为身材好、皮肤白，被选去给女演员当文替。

豆豆最骄傲的是她是“手替专业户”，因为很多女明星切菜都不会，豆豆承包了影视剧中大量做饭的手。马陆记得，有一个女明星要拍一场踢水花显清纯可爱的戏，但那个女明星的脚特别大，电视剧拍出来，那双俏皮可爱的小脚其实是豆豆的。

他还记得，豆豆总喜欢和丛肖肖比谁替的明星多。

“我替一线明星‘吃过饭’！”

“我替‘鲜肉’演员打过滚！”

“我替性感女星露过背！”

“我替武打巨星‘跳过楼’！”

…………

拍了这么多戏、演了这么多远景和局部替身的豆豆怎么可能不是替身了呢，那些戏都去哪儿了？

马陆紧紧盯着老板，想从他脸上看出些什么，然而对方一张面瘫脸，好像这一切都是理所应当的。

“茄子又是怎么回事？”马陆终于忍不住问。

“后来接老秦戏的小群头没有像你一样贴钱给大家，自己也逃跑了。三十来个群演兄弟都没拿到钱，被坑惨了……”

“蒙太奇呢？他不是应该去北京参加大导演的培训了吗？”

“他倒是真的去了，但横店的一笔费用没有结。他在北京穷得没钱租房子，有竞争的小演员请了副导吃饭，蒙太奇的角色黄了，混不下去就回来了……”

“那肖肖呢，她不是武替吗，怎么演起死尸了？！”

“你还记得你们两个怎么认识的吗？”

“废话，我是在一次吊威亚发生意外的时候救了她——”

忽然，马陆愣住了。

一滴湿湿的液体从他的眼角滑落。

马陆和丛肖肖是一次拍戏时认识的。

那天风很大，他们拍的是部古装电影。马陆在里面饰演蒙面劫匪，主演是一位据说有 E 罩杯的性感女明星。为了一睹巨星风采，马陆请群头吃了两顿饭才好不容易挤进剧组。

到现场等了大半天,连个巨星的影子都没有。后来马陆才知道，那位拿了千万片酬的性感女明星忙着走穴，基本上拍完正面特写就闪人，有一半的戏是由 N 个替身完成的。

这哪儿是拍戏，简直是拍写真。马陆郁闷无比，根本没正眼瞧那个替身一眼。

那个武替就是丛肖肖。

当天，丛肖肖吊着威亚在空中飞来飞去，马陆心不在焉地在地上跑来跑去。忽然，有人大喊一声:“钢丝断了！”

大风致使吊臂发生偏移，威亚脱离滑轨，女替身从空中坠落……

马陆一惊。这种情况摔下来非死即伤，可不是闹着玩的。此刻，离替身最近的人就是马陆，他来不及多想，一个箭步冲了过去，在武替即将脑袋碰地之前紧紧抱住了她……

他那会儿根本想不到，这一救，竟然救出了一个女朋友。

恋爱后，丛肖肖对马陆体贴入微，让他一个“万年龙套”有了男主角的感觉。肖肖说，自己这条命是马陆捡回来的，她要用下半辈子来报恩，让他知道好人有好报……

马陆想起肖肖，心底的忧伤就像爆米花一样膨胀开来。

“她掉下来的时候……难道没有人救吗？”好半天，马陆才小心翼翼地问出这句。

“没有。那之后她再也演不了武替了，任何有剧烈活动的龙套都不能演，只能演演死尸之类的角色……”

马陆努力地想止住眼泪。

“可她后来明明拍了很多武打片，有一次剧组的马受惊冲向人群，她还救了好多龙套小朋友……”

“那些小朋友因为没有人救，受伤严重，甚至有一个小女孩——”

“别说了！”

马陆像是受了刺激,疯了一般冲出酒吧。事情肯定不是这样的，马陆想。对，父母一定认得自己，这都是酒吧老板的阴谋，我这就揭穿他……

马陆大步往家的方向跑去，他踩过积水的地面，裤子被溅得满是泥点儿，但他完全没心思理会，连帽子掉到了地上都没有察觉。

身后，老板一声叹息。

“砰砰砰”。与其说是敲门，不如说马陆是在捶门、砸门。

开门的是妈妈，她看上去好憔悴。为什么多了那么多白头发？马陆的心猛地一沉。

父母当年在跑龙套之余，开了个小餐馆，但只要有试戏通知，他们都会立马关了餐馆去面试。爸爸一直说，试戏就是他人生中最重要的事。

爸爸不在家。

马陆问："爸爸呢，拍夜戏去了？"

"你是谁？"

妈妈刚说出这句话，马陆忽然再也忍不住，号啕大哭起来。

"妈妈，是我呀，我是马陆。"

妈妈要关门，马陆拿手挡在门缝。

"我是你的儿子呀，妈妈！"

妈妈愣了愣，脸色忽然阴沉下来，大喊一声："滚！"

妈妈"砰"的一声关上了门，马陆的手被打得生疼。

09

"我妈是怎么了？"马陆对着酒吧老板哭道。

"我说过了，这世界没有你，你妈妈根本没有儿子。她最害怕别人跟她提孩子，那是她的伤心事……”

“我爸呢？”

“因为一直没有孩子，邻居议论纷纷，你父母吵架的次数越来越多，15 年前就离婚了……”

马陆一屁股坐到地上。

马陆记得，父母是最喜欢孩子的。虽然家里贫穷，但从小父母都尽可能给马陆最好的。后来马陆有了女朋友，父母听说肖肖是孤儿，就把她当亲女儿对待。肖肖有一次哭了，她说没想到遇到马陆，不但有了男朋友，还第一次知道了有父母疼的滋味……

所以肖肖总是恨嫁，她太喜欢这个家了，生怕一不小心这一切就都没了。

父母三天两头地催婚，妈妈常说，等你们结了婚，要多生几个孩子，热热闹闹的，谁都不许抢，就让我看大……

马陆坐在地上，愣愣地说不出话来。

半晌，他拽着老板的裤子哀求：“求求你，让我变回去吧。”

老板没说话，给他倒了一杯酒。马陆一饮而尽，在心里反复地想：让我回去，让我回去，他们不能没有我……

从前马陆一直觉得，龙套的人生没有丝毫意义，此刻他才发现自己有多蠢。

马陆脸上湿湿的，不知道是刚才跑的汗水还是泪水，他只觉得心力交瘁，头昏昏沉沉的，很快睡了过去。

10

一觉醒来，已是清晨。

阳光有些刺眼，马陆依然躺在大街上。他有些颓丧。

忽然，几个群演兄弟匆匆忙忙往东边跑去。

昨日重现吗？马陆冷冷地想。

“马陆，你还在这儿傻坐着干吗呢，听说欠款的人找到了！”

马陆悻悻地抬起头。忽然，他愣住了。

对方在喊自己马陆？

马陆看了一下，是兄弟小六。

这么说，他又重新存在于这个世界上了？

马陆一下子抓住兄弟大锤。

“你认识我吗？”

“你有毛病啊？！”大锤说。

马陆很失望。大锤不认识自己……可就在这时，大锤接着说：“这不废话吗？马陆，你化成鬼我都认识你！”

马陆愣了一下，激动地跳了起来。

忽然，他看到了茄子。茄子混在人群队伍里，咧着嘴边走边笑，马陆也情不自禁地嘴角上扬。

茄子还活着，一切都恢复了，马陆兴奋地跟着人群跑起来。他看到熟悉的人就打招呼，上前热烈地拥抱，哪怕平时不喜欢的选角导演，也过去猛地亲了一口。

“马陆，你疯了啊！”

“马陆，你个神经病！”

“马陆，你大爷！”

…………

看着一张张熟悉的面孔，马陆从未这么激动过。

听到大家喊自己的名字，马陆从未这么开心过。

“马陆，你个浑蛋！”

居然有人主动在喊他。

马陆高兴地回应，忽然顿住了，这个声音是——从肖肖？

他扭过头，从肖肖正望着自己。

从肖肖一瘸一拐地走了过来，猛地一把抱住马陆："你个浑蛋！为什么不去找我？！"

11

马陆一把抱起丛肖肖。他很想告诉她自己这些天的遭遇，忽然，人群都向他们两个拥来。

"就是他！"

"马陆，你说怎么处置他？！"

"浑蛋，还钱！"

居然是之前携款逃跑的老秦。马陆激动不已，大叫着上去就是一脚。他这些天的所有委屈、惊恐、无助忽然一起涌上来，对着老秦一通拳打脚踢、歇斯底里地喊叫，把大家都吓坏了。

半晌，马陆终于安静了下来。

"怎么找到他的？"

大家笑嘻嘻地不说话，齐刷刷地看向丛肖肖。

原来，几天前和马陆大吵一架后，丛肖肖郁闷地独自走了很久，忽然，她看到一个身影很像找马陆的剧组骗子老秦。

丛肖肖悄悄跟了上去。在确认对方就是老秦之后，丛肖肖上前跟他打了起来，结果手机摔烂了，腿也受伤了。老秦被打得浑身是伤，一路抱头鼠窜。

老秦鼻青脸肿，一脸沮丧，在群演兄弟的围攻下，战战兢兢地从包里掏出一沓钱。

是群演们的工钱，果然全被他卷走了。

马陆又有钱了，这会儿，他觉得比前几天还要梦幻。丛肖肖一脸期待地望着他，似乎在等他宣布什么。马陆反应过来，大手一挥："龙套兄弟们，我明天要和肖肖结婚啦！"

现场一片欢呼。远处，传来剧组的阵阵爆破声。

龙套们穿着各种年代的戏服呐喊着、雀跃着，他们把马陆和丛肖肖抬了起来，扔上半空，那画面很有些穿越感。

12

明天就是元旦了。

这天晚上，家家户户张灯结彩，鞭炮阵阵。所有人都在说着"新年快乐！"横店几十个龙套围在马陆家，忙着为他的婚礼布置一新。

马陆的父母拿出了多年前就买好的新衣，这时，有剧组忽然打电话来，说要找爸爸试戏。

“不试，我们家有更重要的事！”爸爸斩钉截铁，脸上漾出一丝笑意。

电视里，正播放着著名导演海选的角色培训情况，马陆忽然看到了蒙太奇。记者问大家此刻的感触，别人都在说“我相信一定能演好这个角色”，蒙太奇想了两秒钟，忽然说：“马陆、肖肖，新婚快乐！新年快乐！”

从肖肖也在朋友圈看到了这段视频，一边化妆一边笑起来，笑着笑着，忽然滑落一滴泪。

“别哭别哭，妆要花的。”化妆师提醒她。

这一刻，从肖肖是无比满足的。在自己的武替生涯里，几次死里逃生：拍打戏被没经验的主演一拳打晕，拍马戏差点儿被马踩死，被演员拿刀意外砍伤，差点儿溺水而亡，吊威亚险些摔死，骨折也是家常便饭……

每次拍戏受伤，只要死不了，她就没有一句怨言。只是，偶尔她也会想，不知道这样日复一日地打打杀杀是为了什么，人生仿佛在为别人而活。

马陆就是在她最迷茫的时候出现的。

从肖肖总是骗马陆，说对他好是因为他是自己的救命恩人。事实上，她深爱他，是因为从前她一直以为自己是别人的影子，但马陆对她说：“丛肖肖，你就是我的太阳。”

此刻，30 岁的马陆第一次打扮得西装革履，他看着镜子里的自己，忽然释然了。

从小马陆就向往成为光环闪耀的大明星，但他知道这辈子注定只能是个小龙套。从死尸、路人、劫匪、步兵、车夫到特约演员、小群头，从一天 20 块钱，到 80 块钱、200 块钱。

有时候冬天拍夏天的戏，冻得牙齿响；有时候夏天拍冬天的戏，热得中暑……马陆以为自己的人生是一眼望到头的，没有任何奇迹。

突如其来的奇幻经历让他明白，哪怕龙套，也有他必须存在的意义。

十二点的新年钟声敲响，这一刻，马陆仿佛听到了心底的声音：世界上没有那么多主角，大部分人一辈子可能要甘于寂寞、甘于平庸。可是，就这样吧，这样也好。

从此之后，安于默默无闻；从此之后，享受平凡人生。

Chapter 3 遇见偶像未成名

01

每晚七点，我都会准时打开微信后台，编辑文字、贴图、预览文章、发布。

没错,我是一个娱乐八卦公众账号的小编辑。在这个急功近利、不求深刻的年代，做明星八卦还是很有市场的。国内明星动不动出轨，国外明星动不动出柜，昨天秀恩爱今天撕破脸的明星反转剧比卫视八点档还要精彩。

我从前的大学室友梁优优混迹娱乐圈多年，拥有 300 万的粉丝数量和 10 万 + 的阅读量，单是广告和粉丝打赏就让她一步迈入了中产阶级。

我特别羡慕她，依葫芦画瓢也做了个娱乐账号，每天关注明星微博、动态、热门新闻，东拼西凑搞出一篇原创来。

可惜，阅读量一直在三位数徘徊，偶尔起个“标题党”冲到四位数就跟过年似的。

我忽略了一件事：梁优优是娱乐记者出身，无论官方渠道还是小道消息都比我灵通，光朋友圈就加了无数明星经纪人、助理、宣发人员。

而我呢，也就跟她探过几天班、参加过几次发布会而已，加之文笔有限，我山寨的文章几乎无人赏识。这也罢了，每天还伴随着无数粉丝、迷妹谩骂的留言。

今天打开后台留言就是这样的：

我觉得小编的脑袋就是个摆设！

编辑脑袋被驴踢了吗？怎么可以用“沦落”来形容我家偶像徐一朗！

看了这篇文章果断取消关注，粉转黑！

…………

又是一篇“标题党”惹的祸。

徐一朗是当下偶像男星，10 年前因为大热的选秀节目而一炮走红，但这两年没什么新鲜话题，过气不言而喻。

就在昨天，他还和一帮水嫩嫩的“95 后”“小鲜肉”一起代言广告，明显老出一个时代，也真够有勇气。于是我发了一篇《曾经火遍大江南北而今沦落和新人抢市场拼人气》的头条，结果评论就炸开了，大部分都是来骂我的。

唯一的惊喜是，文章的阅读量居然突破了 1 万。

但我依然十分沮丧。

辛辛苦苦码字，粉丝没涨多少，打赏一分没拿着，还一天掉了 29 个粉丝。呜呜，心疼死了。

而且，我根本不爱报道徐一朗，提他就想起10年前的伤心事。

02

10年前，我读大三，正是唱歌选秀节目如火如荼的时候。我最爱的一档节目叫《真我百分百》，徐一朗是当年冠军，童辛扬是亚军。

徐一朗今天虽然人气不比从前，至少还上个卫视、拍个广告什么的，而我唯一爱过的歌手童辛扬在赛后不久就退出了娱乐圈。

明明童辛扬当年最被看好，徐一朗拿了冠军，一定有黑幕，对不对？

网上有传言，徐一朗主动追求节目组女导演才把童辛扬黑了下去，并扬言“有我没他，有他没我”。大家不敢得罪冠军，童辛扬被封杀，不得已退出了娱乐圈。

一定是这样的。虽然徐一朗事后曾辟谣说他们是好兄弟，但鬼才信呢。而且，当年我为了童辛扬去看《真我百分百》前十强演出，结果因为徐一朗热情过度导致粉丝失控。我被撞倒在围栏旁，手腕受伤，到现在都清晰可见一道疤痕。

所以，我讨厌徐一朗。

童辛扬之后，我再没追过星，很快毕业，考研，再毕业，到头来还是没找到什么好工作，在一家新媒体公司担任小编。每天的生活不是被粉丝骂，就是被领导骂。

“宋小乔，你看看你的阅读量，停留在 500 上面半年了，你是死人哪？！”

“宋小乔，你好歹研究生毕业，写文章怎么臭成这样，能走走心吗？！”

“宋小乔，你看看新来的‘90 后’编辑，网络用语玩得多转，你落伍了知道吗？！”

…………

我宋小乔在别人眼里就是个大写的笑话，在自己眼里，是个不折不扣的倒霉蛋。

我有一个大学时代的记事本，里面图文并茂地记录了当年追星童辛扬的疯狂事。那时候的自己充满热情，觉得未来“爱拼就会赢”，“人生没有梦想和咸鱼没什么分别”。

现在呢，看见“拼搏”“奋斗”这类字眼，我就想翻白眼。

记事本锁在抽屉最里面，难过的时候就翻出来看两眼。

我打开本子，最喜欢的一页是当年《真我百分百》的前十强合照，童辛扬的胳膊搭在徐一朗的肩膀上，笑得一脸灿烂。

照片旁边，稚嫩地写着一行小字：永远年轻，永远热泪盈眶。

那一年，生活仿佛有不尽的幻想，我还不知道将来会是个令人讨厌的小编辑，每天都觉得未来美好、前途光明。

真怀念那些时候啊！

不知为什么，明明不怎么多愁善感的我居然落了两滴泪，就这样昏昏沉沉地睡了过去。

03

第二天，在一阵“咚咚咚”的敲门声中，我被惊醒。

糟糕，上班又迟到了吧！我想。

可闹钟明明没响啊？那就再睡会儿！我又想。

“咚咚咚”的敲门声再次传来。

真烦人哪！

我迷迷糊糊地起床去开门。

“宋小乔的快递，谁是宋小乔？！”

我迷迷糊糊地接过快递，心里恨死了这快递小哥。

对方却一脸没心没肺：“宋小乔，你签个字！”

签完字，我恶狠狠地瞪了快递员一眼，在他笑嘻嘻接过单子的刹那，忽然愣住了。

我一把拽住他，眼睛瞪到了这辈子最大。

快递小哥吓了一跳。

“徐一朗！”

我忍不住大喊起来。快递小哥居然是徐一朗。这又是哪个幺蛾子真人秀节目？明星来扮演快递员吗？！虽然不喜欢徐一朗，但眼瞅着一个活生生的大明星站在面前还是激动不已，该干点儿什么呢？对，要签名啊，没准儿还能卖钱呢，我的本子呢、笔呢……

我回到卧室想找纸笔，又生怕徐一朗跑掉，就那么拽着他在屋里打量。

然后，我又呆住了。

我揉了揉眼睛，不敢相信眼前的一切：我居然不是在自己的一居室，而是在我大学时候的宿舍！上下铺的房间，床上躺的明明是室友梁优优和眼镜妹！

一脸懵懂的我看着四周，完全缓不过劲儿来。

徐一朗吓了一跳，他说，你干吗呀？！你们师大的女生怎么这样？

师大？我居然穿越回了母校？

优优翻了个身，说，宋小乔你大早上嚷嚷什么，困死了……

天哪，现在到底是什么时候？

我忽然想起什么，看了一眼快递上的日期：2007 年 3 月 17

日……

2007年？我居然回到了10年前？

我还没回过神，徐一朗已经忍无可忍地挣脱我跑下楼了。

“神经病！”楼下传来他的声音。

回到床前，我发现昨晚的记事本居然还在，打开，里面竟然一片空白？

等等，让我回想一下。徐一朗2007年6月参加《真我百分百》一炮而红，而现在是3月，也就是说，他还没成名？徐一朗曾在综艺节目中爆料，自己成名前在上海打工，白天送快递，晚上去酒吧唱歌，好像负责的就是中山北路、金沙江路这一带？

深呼吸一口气，看了一眼穿着海绵宝宝睡衣的自己。简直不敢相信，原来大明星徐一朗10年前还给自己送过快递！

稳定情绪后，我猛烈摇晃优优，告诉她刚才的快递员是徐一朗。

优优特别不屑：徐一朗是谁，你又抽风了吧……

果然，徐一朗还没有成名！优优后来可是徐一朗的超级粉丝，就是为了徐一朗，她才加入了娱记的行列……

我终于淡定下来，然后想到了一个重大问题：也就是说，我们家童辛扬也还没参加比赛，如果阻止徐一朗参赛，童辛扬就能夺冠了？

这个念头冒出来时，我不由得浑身涌动着幸福的暖流。啊，居然要做一个改变世界的人了。徐一朗啊徐一朗，对不住了，我必须阻止你参加比赛，为了我的偶像童辛扬的未来。

就在我为这个计划激动不已时，妈妈打来了电话。她说，小乔，周末记得晒被子啊。

我妈永远都是这些鸡毛蒜皮的事情，晒什么被子啊。我说，妈，你赶紧借点儿钱，去买两套房，日后就指着这养活咱娘儿俩了。

我很小的时候父母离异。妈妈很要强，把我培养得也很强悍，从小没吃什么亏、受什么欺负，但我知道妈妈的辛苦。只是她习惯了自己也会忘，每次想说句受累了之类的话，她就会说，哎哟你个混账，怎么把我冰冻的面膜给敷了！

老妈说：浑妞，要不去考个研吧，好歹我培养出个研究生来，死的时候也能含笑九泉。

老妈没文化，是导致离婚的原因之一。后来我就去考了研，可这会儿我很想告诉她，妈，考什么研，我将来就是个不受待见的八卦小编辑……

但我没说出口。很快，我想到了另一个问题：如果认识了徐一朗，日后还愁没独家猛料可爆吗？像他这种人肯定有很多不能见光的事儿吧，还愁点击量、大数据？

一上午，我的脑回路活跃得跟地震了一样。

我如获至宝地看着快递单，急忙又下了五单这个商家的快递。

04

徐一朗终于再次出现在我的面前，10年前的他真清秀啊，可惜发型土得掉渣。

我有备而来，特别傻白甜地说：“快递哥哥留个电话吧，日后寄快递找你。”

徐一朗将信将疑地给我留了电话。

我才不会轻易放他走，跟着一路下了楼。

他顿住，看着我。

“你是不是有个哥们儿叫童辛扬？”我鼓起勇气问。

他愣了下，点点头。

“你们在哪家酒吧驻唱？”

他有点儿防备地看着我，我赶紧伪装道：“我是你和童辛扬的粉丝，听过你们唱歌，迷得神魂颠倒的，不再去听一回，这失眠就治不好了。”

徐一朗犹豫了下，告诉我了酒吧名字：Summer。

晚上，我捧着一大束花，红着脸第一次去了酒吧。

童辛扬上场了，唱了首粤语版的《喜欢你》，我感觉自己的心快要跳出来了。

童辛扬真人帅炸了，而且气质根本不是徐一朗能比的。一直等到演出结束，我才追上童辛扬献花。他淡淡笑着，礼貌地说谢谢，眉眼间还带着一丝忧郁。

我实在忍不住，一把抱住了他不撒手。

不管了。什么都不管了。我抱着童辛扬幸福得想哭。你是我少年时代唯一爱过的偶像啊，怎么能够说退出娱乐圈就退出了呢？我的梦，我的爱，也在那一年随风而逝了……

“你这也太花痴了吧！”一个嘲笑的声音传来。

哼，是徐一朗。

我把惊魂未定的童辛扬拉到一旁：“两个月后有个歌唱比赛，你悄悄去报名，千万别告诉其他朋友，尤其是徐一朗。我是‘杨梅’，这都是为你好！”

“杨梅”是童辛扬成名后粉丝的名称，但他显然没听懂我在说什么，准备开车回家。

我偷偷扫了一眼，座驾是路虎耶，怪不得网上说他是富二代。我有点儿纳闷，富二代是怎么被黑下去的？

“送你回家吧。”童辛扬温柔道。

我兴奋得鸡皮疙瘩都起来了，转头却发现，他是对着徐一朗说的。

徐一朗看了我一眼："要不要一起？我也住金沙江路附近。"

算你有点儿良心。我小鸡啄米般点头，一路上恨不得狂刷朋友圈：苍天啊大地，你们知道我正和童辛扬、徐一朗坐在一起吗……

可惜，这年头微信还没发明出来，我只好把这些激动人心的时刻记录在记事本里。

05

我成了 Summer 酒吧的常客。

奇怪的是，徐一朗和童辛扬关系竟然出奇地好。我不屑，肯定是徐一朗太会伪装了。我留了个心眼儿，悄悄偷拍他们。

日后即使还做八卦账号，这些独家照片也总能让我翻身了吧？

徐一朗除了快递和酒吧驻场，还不时客串活动模特、主持司仪，甚至摆小摊儿、去快餐店打工……

没想到，报道里说的居然是真的。

粉丝都知道，他是个励志典型。小时候家里穷，跟着妈妈和奶奶长大，一直都是家里的顶梁柱，7岁就会做饭，12岁边读书边打工，高中读完就工作了。

不过，我对这种寒门才子无感，满眼都是高富帅童辛扬。我一遍遍对他强调：《真我百分百》的选拔赛，千万不要告诉徐一朗。

童辛扬起初不理会我说“他红你就红不了”这一套，后来我只好说，其实徐一朗参赛后会被人算计、陷害……本来嘛，徐一朗后来的江河日下与绯闻脱不了干系。

事实证明，我说什么都没用。等到《真我百分百》选拔赛开动，童辛扬才认真考虑我的话，问我为什么会提前知道这个节目。我支支吾吾地说是小道消息，这个节目会火爆很久，前十强会一举成名。

童辛扬一听，立马喊徐一朗报了名。我气得差点儿吐血。

想当年那场比赛，徐一朗和童辛扬可是大热门。媒体着力报道了这两人是好兄弟、同在一家酒吧驻唱的事情，而他们也不负众望，凭借高颜值和演唱实力，一个从浙江赛区突出重围，一个从上海赛区拿到冠军，最终一起进入总决赛。

既然不能阻止徐一朗报名，阻止他参赛总可以吧？

我雇了几个同学，海选那天亲自上演苦肉计，在徐一朗必经的路上假装被欺负。

我是这样想的，如果徐一朗来救我，我就缠着他不撒手，让他不能准时参赛；如果他袖手旁观跑了，没关系，早叫人躲在暗处拍照了，复赛的时候再到网上黑他也不迟。

一切按计划进行，正赶往比赛路上的徐一朗看到我被“流氓”拦住，一声吆喝，上去就和流氓打了起来。

我吓了一跳，这也太热血了吧？

原本，我只想让同学拖延时间，没想到徐一朗把他们打毛了，大家也不管是不是演戏了，摁住徐一朗就群殴了一顿，我拦都拦不住……

看着徐一朗鼻青脸肿，我傻眼了。

徐一朗还在傻乎乎地大声叫我快跑。跑你妹啊！

忽然觉得自己愚蠢至极。我为徐一朗拦了辆出租车，叫他快去参赛。

徐一朗无所谓的样子，说，算了，不去了。

我急了，破口大骂：“那怎么行，你这辈子就指着这个比赛出头了，你去就是第一。你以为我想让你去啊，你去了童辛扬就拿不到冠军了！”

徐一朗听得一愣一愣的，我把他塞进出租车，叫他务必好好发挥，否则我就去跳河。

徐一朗吓了一跳，点点头走了。

真是搬起石头砸自己的脚。

那天，徐一朗成了海选头条。评委说，你这是打完架顺道来比赛的吗？徐一朗居然傻乎乎地摸摸头，笑着说嗯！

看着电视上有点儿呆萌的徐一朗，我心想算了，冠军命就是冠军命，自己穿越 10 年果然也改变不了世界。

何况……他好像没有想象中那么烂？

晚上带了药去找徐一朗，没想到他正和几个歌手吵架。

童辛扬不在。酒吧其他歌手也报名了海选，却纷纷被淘汰。他们看不惯徐一朗直接拿到通关牌，讽刺他小白脸，徐一朗起初懒得理会，直到有人骂他妈妈带大的孩子，一看就缺少阳刚之气。徐一朗怒不可遏，一拳将对方打倒在地，大家混打成一团，徐一朗眼看要吃亏。

“浑蛋——”我忍无可忍，大吼一声，拎起个酒瓶就冲了过去。

结果一个趔趄，酒瓶直飞向酒吧窗户，砰的一声，四周顿时鸦雀无声。

徐一朗拉着我就跑。

许久，四周安静下来，明月别枝惊鹊。

我说，凉风习习，聊点儿深刻的呗？

他说，夜色撩人，干点儿不正经的呗？

不要脸的徐一朗！

我真该给他录下音，将来我的爆料绝对超越“国内第一狗仔”。

最终，我们聊起了家庭。我们两个都是单亲妈妈带大的孩子，这也是我拎着酒瓶往那群孙子头上砸去的原因，虽然砸偏了点儿……

徐一朗第一次和我聊起他离异的父母、早逝的爷爷、最疼爱他的奶奶。他小时候总欺负奶奶，每次有委屈都冲奶奶撒气。年迈的奶奶就背着他往小卖部跑，说一朗受苦了，一朗这么厉害将来肯定能赚很多钱，住大房子，吃鱼吃肉……

“我从小穷怕了，不爱读书，十来岁满脑子都是怎么挣钱。现在吃了大亏，在大上海一个高中毕业生简直没有出头之日，做梦都想让妈妈和奶奶住一回大房子……”

“怪不得你一出名就什么活儿都接，连尿不湿都代言，真是猪脑子……”

他一愣。

我忙改口：“赌10块钱的，不，100块，你很快就要红了，将来会买大房子，还出国录节目了呢！”

徐一朗哈哈大笑。我趁机说，哥们儿，我当你的经纪人行不行？

徐一朗没心没肺地点头。我忽然有点儿好奇，将来会不会有宋小乔这个经纪人存在呢？

06

一切都在按照该有的轨迹发生。

徐一朗一路 PK 最终拿了冠军，最被看好的童辛扬拿了亚军。梁优优成了徐一朗的头号大粉丝，她有一天忽然说，你是不是说有个叫一朗的人给我们送过快递？

我装疯卖傻，说哪有哪有……

我依然被童辛扬迷得神魂颠倒，《真我百分百》前十强的照片被我重新贴进记事本，只是最爱的一张，换成了我、徐一朗、童辛扬三个人唯一的合照。

徐一朗一路爆红到人生巅峰。

在我这个“过来人”的强行干预下，他避开了一些不该接的节目，比原本该有的成名更迅速。

徐一朗很奇怪，说你怎么好像什么都知道似的？我暗想这不废话吗？我还知道你 10 年后和“95 后”抢市场呢……

我平时背个单词、学个古诗记性很差，偏偏记娱乐八卦过目不忘。哪一天会爆出什么大事件如数家珍，连明星生日都能张嘴就来，徐一朗的危机公关备得足足的。

很快，国内最大的经纪公司“四海娱乐”找到他想要签约。

徐一朗说，不签，我有经纪人。

我朝他一脑门就弹了过去，你有病啊，我能和四海比吗？我哪有资源、平台啊……

徐一朗说，那你也是我的经纪人。

我愣住了。这是那个为了钱什么项目都接、被10年后的我在文章里称为“财迷心窍”的徐一朗吗？

我苦口婆心，讲事实、摆道理，终于让徐一朗签了“四海娱乐”。

唉，太伟大了。自己10年后注定还是破烂小编辑吧！

很快就是《真我百分百》十强的赛后首秀。

那次活动，我一辈子都忘不掉了。

因为我和梁优优当时吃了半个月泡面才省出个门票钱，偏偏活动由于粉丝拥挤出了事故，我和优优都受了伤，甚至有粉丝被踩踏……

更无法忘记的是由于场面失控，活动不得不提前结束。童辛扬在最后一刻突然宣布“这是我第一次参加商演也是最后一次，谢谢所有喜欢过我的歌迷，我要退出娱乐圈了”。

那一天，我和优优是哭着回到宿舍的。

我爱了几个月的童辛扬再也没有出现在公众视野中，伤心之下我放弃追星，而媒体对徐一朗的表现风评很差，导致场面失控很大程度上是他的热情害的……

我不寒而栗，在屋子里转来转去。

这时，徐一朗和童辛扬来找我了。看到童辛扬的那一刻，我眼眶一红落下泪来，他俩吓了一跳。

果然，童辛扬是来告诉我打算退出娱乐圈的。

我边擦眼泪边说，童辛扬你记住，我是你这辈子的头号大粉丝。

童辛扬点点头，笑着说："那我就只告诉你这个秘密。"

原来，童辛扬之所以退出娱乐圈，是恋爱了。很多年里，他喜欢一个学姐，学姐却只当他是弟弟。而就在上个月，学姐忽然决定和他在一起，唯一的要求是他退出娱乐圈。

我傻眼了，退出的原因居然跟徐一朗没有半毛钱关系？

我的眼泪又流了下来。童辛扬摸摸我的头说："咋啦傻丫头？"

"我吃醋！"我哭着说完，和徐一朗一起大笑起来。

我们三个人的笑声在风中飘荡，那真是个曼妙的傍晚。

首演开始，我为梁优优走后门搞到了前排的位置。徐一朗刚出场，优优就激动地哭了，真对得起"脑残粉"三个字。

徐一朗总算没辜负我的"调教"，在人流拥挤的最高峰笑意盈盈："谢谢所有的歌迷，我想先说几句话。"

现场渐渐安静下来。

“我是第一次当明星，有人告诉我，能力越大责任越大。我很害怕自己能力不够，怕第一场活动就有粉丝因为拥挤而受伤，我希望所有‘槟榔’都友善团结，保护好自己，我才放心把最真的声音献给最可爱的你们……”

“槟榔”是徐一朗粉丝的名，相比“玉米”“荔枝”“杨梅”，我十分瞧不上徐一朗的粉丝名，但是他喜欢。

很快，掐架的粉丝不再争吵，拥挤的人群变得有序。

围栏旁有个小女孩差点儿跌倒，我猛地上前扶住她，结果手腕被剐到，留下了一道伤痕——居然和原本我被拥挤留下的一模一样！

那一夜真让人留恋。童辛扬和徐一朗在节目最后合唱了一首我从没听过的《只友情不变》。

一曲完毕，童辛扬宣布了退出娱乐圈的消息。

很多粉丝都哭了。而哭得最凶的那个，叫宋小乔。

07

童辛扬从此消失在我的世界里。

徐一朗的事业蒸蒸日上，但我知道，距离他第一次大低谷越来越近了。

我告诉徐一朗，千万离这个圈子的“贵妇人”远一点儿。然而百密一疏，徐一朗虽然规矩谨慎，仍被狗仔拍到了和沪上名媛的亲密照片。

事实上，当时名媛自称是粉丝，吃了顿饭而已。好事者却非要说徐一朗疯狂追求“有夫之妇”，继而，酒吧和他打架的哥们儿向媒体报假料，说徐一朗成名前就乱搞男女关系，主动追求《真我百分百》女导演才拿到了冠军，还逼退了竞争对手童辛扬……

一石激起千层浪，经纪公司起初觉得明星闹点儿绯闻有话题没理会，等到反应过来为时已晚。我准备的公关稿根本不顶用，在网友的强大人肉之下，莫名其妙地跳出来许多和徐一朗有关的“土豪”，哪怕只握过一次手，也被说成是“暧昧”“包养”……

徐一朗第一次哭了。他在博客里说了句“清者自清”，从此不再更新博客。

那时候还没有微博，徐一朗事件热闹了很长时间，许多合约因此解除。徐一朗每天不看新闻，只是跑步、健身、读书。我不知如何安慰他，傻乎乎丢过去一本英文书，说，总有一天你用得到。

梁优优是唯一坚持为徐一朗做正面报道的实习娱记，每天都有粉丝骂她，带她的资深记者说，现在大家都骂徐一朗，你偏偏为他“洗白”，白痴啊……

优优每天都哭，但她说，只要报社一天不开除我，我就力挺徐一朗一天。

看着精疲力竭却对徐一朗深信不疑的梁优优，我忽然有些感动。那一刻，我觉得优优日后的强大阅读量和粉丝基数都是该得的，即使做八卦，她也比其他娱记用心。

秋风乍起，健忘的网友终于不再关心徐一朗，转而关注另一起明星出轨事件，各大贴吧、论坛传得不亦乐乎。

我忽然觉得，童辛扬离开娱乐圈是对的。

08

徐一朗的节目慢慢在恢复。

当他告诉我有人找他拍电影时，我看到他眼睛里闪烁的光。

他说自己从小就是影迷，年少时那些不开心的孤独岁月都是电影陪伴自己，如果有生之年可以做一名真正的演员，简直死而无憾了。

“你的演技烂死了。”我脱口而出。

他一愣。

我急忙嘿嘿一笑，假装开玩笑。

唉，我一个曾经的黑粉居然也如此良善了呢。

看着他一脸向往，我心里七上八下。按照时间推算，没多久，他最爱的奶奶就会离开人世。

他后来曾在访谈节目中说，没能见到奶奶最后一面，是今生最大的遗憾。

奶奶去世后，他和经纪公司解约，很长时间又在公众视野里消失，偶尔出来唱唱歌，却再不肯拍电影。

大家纷纷猜测他是被“封杀”了，直到有一次明星好友爆料才知道，是因为奶奶。他觉得拍戏没能送奶奶最后一程，心里一直跨不过那个坎儿，再不肯演戏。

11 月 17 日是徐一朗奶奶去世的日子。我记得清清楚楚，因为那天是他的生日。

奶奶去世后，徐一朗再也没有过过生日。

别的明星过生日都有粉丝团和经纪公司、明星好友的盛大祝福。但徐一朗过生日贴吧里总是点蜡烛，媒体标题都是“徐一朗不哭，奶奶会看着你慢慢幸福”之类的。

我忽然想，可不可以让徐一朗见到奶奶最后一面？

11 月 16 日，我找到经纪公司说明原委。经纪公司很意外，我本以为他们会认为我胡说八道。没想到对方说，上午的确接到了病危通知，但这部戏正在赶进度，不能影响徐一朗的心情，只能等后天拍完重头戏再告诉他。

我错愕无比。

怪不得徐一朗会和经纪公司解约。我据理力争，却被公司的人赶了出来。

不行，穿越一趟，我必须做成一件事，哪怕只有这一件。

我赶往剧组，徐一朗的电话关机。我急得转来转去，最终翻墙跳了进去。

徐一朗正在拍戏，我愣住了：这不就是那个后来被无数网友吐槽的喜剧片吗？

徐一朗那么投入，一腔热血冲进来的我不知该如何告诉他那个噩耗。剧组保安驱赶着我，我大喊着徐一朗的名字，跟对方吵了起来。

徐一朗终于发现了我，不顾导演阻拦跑了过来。

得知奶奶病危的消息，他的眼泪忽然像断了线一样往下落。身后，导演、演员、制片人大吼大叫，徐一朗却什么也不顾了。

我们打了辆车，他从上海一路哭回了浙江。深夜，徐一朗跑到奶奶床头，由于一路奔波，那一下差点儿直接跪了下去。

“奶奶一直不肯走，就是想见你最后一面。”妈妈有点儿哽咽。

"奶奶！我还要给你买大房子啊……"

徐一朗号啕大哭。

奶奶的手动了动，努力挤出了一个笑容，缓缓地、安详地闭上了眼睛。

徐一朗一路哭着回来，又哭着回去。

制片人、导演和经纪公司都非常生气，不仅因为他擅自离开，更是因为徐一朗再也笑不出来了。

徐一朗在拍电影生涯的第一部喜剧，却正经历人生最悲伤无助的时候。他努力搞笑，却无论如何也自然不起来，每天都被导演一遍遍地骂。

09

经纪公司还是和徐一朗解了约。

他勉强拍完了那部喜剧，效果不尽如人意。影评人说，徐一朗演出了尴尬症、面瘫，一部喜剧拍得跟家里死了人似的……

这年头，犀利、毒舌才能引发读者的围观和吐槽。当年看到这种评论，我不停地跟帖：哈哈哈、楼主说出了大家的心声、苦瓜脸也配演喜剧……

那一刻我才发现，很多事情并不是想象的那样。

我偷偷藏起关于徐一朗的报道，他似乎也并不怎么关心，话越来越少。

毕业将至，我和原本的历史轨迹一样，考取了北京的研究生，梁优优正式成为娱记。

“别担心，将来明星都自己做工作室，找个值得信赖的经纪人就好。”我试图鼓励徐一朗重新振作起来。

“你就值得信赖。”徐一朗说。

我心里微微一动，嘴上却说，我可没办法做你永远的经纪人。

直觉告诉我，我快要回到10年后了。

徐一朗似乎不明白，一脸失望。

就在这时，门被推开了，一位美女仿佛从天而降，很是惊艳。紧接着，我看到了那个令自己魂牵梦萦过的面孔——童辛扬，他居然回来了！

美女就是童辛扬暗恋多年的女神，两人定居海外，她这次是专程陪童辛扬回来看望徐一朗的。

那段日子，童辛扬教徐一朗弹钢琴，女神教我化妆，我们四个还比拼厨艺。之前我总是提心吊胆，生怕徐一朗一不留神就自闭了。

可自从见到了童辛扬，他不但重新恢复了笑容，还秀起了蹩脚的英文……看着徐一朗被好兄弟治愈，我真为自己的女性魅力感到悲哀。

一切都在慢慢往好的方向发展，我在记事本上画了个灿烂的笑脸。

忽然，我发现记事本已经到了最后一页。

这是说我该回去了吗？

和徐一朗这一年的点点滴滴映在心头，忍不住有两滴泪落在记事本上。

眼泪并没有浸湿笔记本，只是在本子上转啊转啊，闪闪发亮。

糟糕。我忽然想起来，穿越前那晚也是这样，我的泪不小心滴在记事本上，就像水珠落在荷叶上一样亮晶晶地转动……

我要回去了？！

想到这里，我忽然跳起来，跑去猛敲徐一朗的门。

他被我惊醒，一脸诧异。

"徐一朗，你是我见过的最棒的艺人。"

我知道，有些话再不说就没机会了。

徐一朗哈哈大笑，说："小乔，你脑子进水啦，大半夜专门跑来夸我？"

“你要记住，你喜欢表演就去努力演戏，你喜欢唱歌就争取发专辑，让观众大吃一惊，让他们无话可说。你这个家伙可千万别偷懒啊，起码要红到10年后……”

徐一朗听傻了。我走上前,紧紧拥抱他:“如果你日后演技爆发，我会到电影院里看你的。”

再见了徐一朗。我们再也不会见面了吧?

10

一夜很长，我辗转反侧。

再次睁开眼，已是第二天凌晨，耳边传来熟悉的闹铃声。

看着周围的一切，一点儿没错，还是我的一居室，还是我工作那年买的闹铃。

我果然回到了10年后。

所以，我现在还是那个不受待见的八卦小编辑吧?

这时，梁优优打电话来，说，小乔，快打开电视!

“我哪有空看电视，上班要迟到了!”

“上哪门子班，你都辞职半年了，快给老子开电视!”

我迷迷糊糊地打开电视。

电影频道正在采访徐一朗!

徐一朗的新电影上映了,而且上映一周就口碑爆棚,票房大卖,成为年度黑马。主持人说,徐一朗在片中流利的英文给了观众一个大大的惊喜。

徐一朗淡淡笑着,似乎成熟了,也更帅气了。他客气了一会儿,忽然话锋一转:“我想特别感谢一个人,她是我的第一位经纪人。虽然不知道她在哪里,但我……好希望她去看这部电影……”

眼泪又不争气地落了下来。

我冲进电影院。

漆黑的电影院里,徐一朗在大银幕上格外迷人。我看着戏中的他,近两个小时的时间仿佛经历了10年那么久。

回到家,打开电脑,微博已被徐一朗刷屏。

关机。一个人坐在桌子前发呆。忽然有些想念他。

他现在是真正的大明星了,再与我无关了吧?

忽然很想写一篇影评,来给这段过往画个句号。

梁优优说我辞职了,难道我现在不务正业吗?

我的公众号还在吗?

输入账户、密码,“小乔娱乐”的账号出现在自己面前。我深吸一口气,开始敲键盘。关于徐一朗,心底有太多话要说。

终于，一口气写完了文章，我像死猪一样趴在床上。

不知道是不是白天哭累了，稀里糊涂就睡了过去。

11

再醒来时，已是傍晚，浑身懒散，饥肠辘辘。

我看看表，还不到六点。

心里空荡荡的，我扫了一眼公众号，然后愣住了。

阅读量居然显示 10 万 + ?

我反复看了几遍，确认自己没有看花眼。不到两小时的时间，居然被网友疯狂转载……我彻底傻眼了。

这时，显示又有新粉丝。

我漫不经心地点开，不敢相信自己的眼睛。

粉丝头像是一张很熟悉的照片：那个“明月别枝惊鹊”的夜晚，我拍下的月亮。

而粉丝名是在我心底响起了无数遍的三个字：徐一朗。

有点儿颤抖地添加了徐一朗的微信。不会是冒牌的吧？我想。

不能啊，那张照片别人怎么会有呢？

这时，他忽然说话了。

在哪儿？

我的心扑通扑通，报了地址。啊，是要约我吗？！

“你那么忙，明天两场活动，后天有三场，有时间见面吗？没时间就算了吧。”我口是心非。

徐一朗很久没有回复我。

大概又在排练了吧。那么多的节目要赶，我该为他高兴才对。

窗外，华灯初上，有种久违的感觉。我望着车水马龙的街道，独自发呆。

忽然，传来一阵“咚咚咚”的敲门声。

我迷迷糊糊地去开门：“谁呀？”

应该是优优吧，她最喜欢大晚上来我家吐槽。

门外却传来一个男人的声音。

“宋小乔的快递，谁是宋小乔？！”

我一愣，我买了什么东西？

就在开门的一刹那，我忽然顿住了，这个声音好像很熟悉？

一个包裹递了过来。

“宋小乔，你签个字！”

“徐一朗！”

我忍不住大喊起来。

是的,站在我面前的“快递员”正是徐一朗,他笑嘻嘻地看着我。一刹那，仿佛又回到了10年前，我们第一次见面，我大声喊他的名字，抓住他的手不放……

“害得我找了10年，你是猪吗？”徐一朗一把将包裹塞到我的手里。

我低下头，包裹上写着一行小字：徐一朗、宋小乔相识10周年纪念。

Chapter 4 预知未来的奇妙恋人

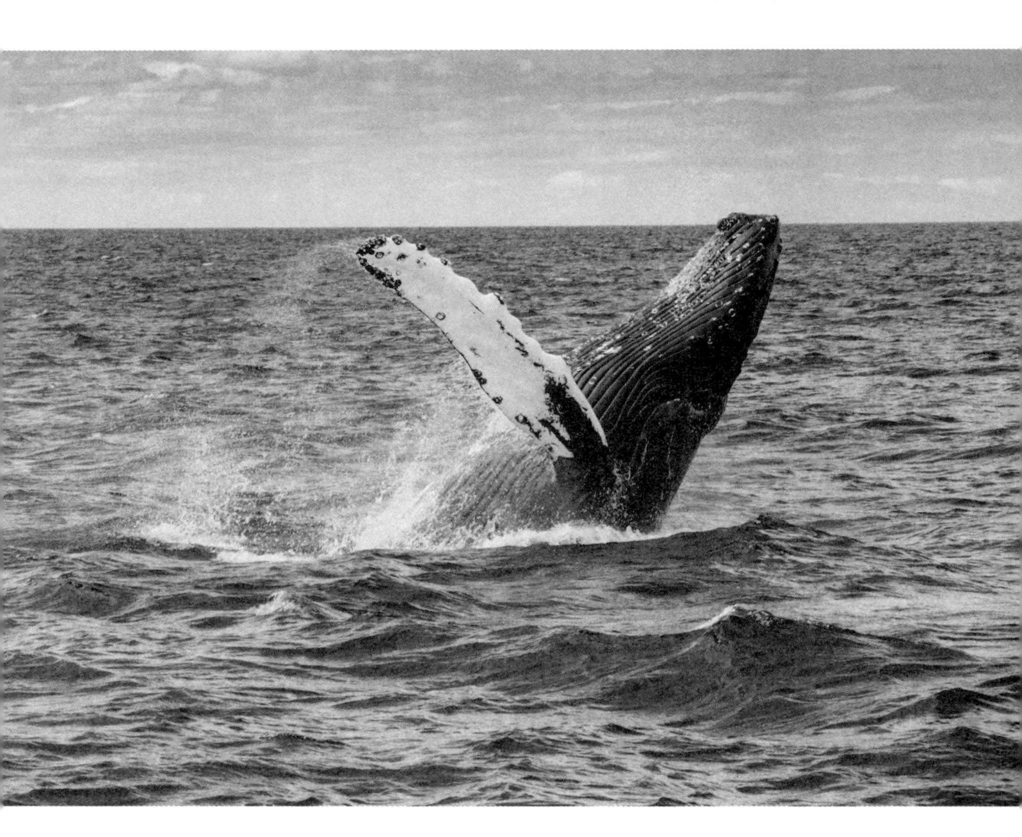

01

拥有特殊能力到底是什么感觉？

对于很多人，脑海中可能会立马闪现出《来自星星的你》的都敏俊教授，谈个恋爱外挂全开，霸气又浪漫。

如果这个问题问周醒，他一定会极力摇头，一脸尴尬。

周醒刚刚提出了人生的第四次分手。

前任跟在他身后破口大骂："周醒，你这个浑蛋！凭什么抢在我前面说分手，老娘早就受够你了……"

周醒吐了吐舌头，扬长而去，转了个弯，忽然一屁股坐到了地上。就在两小时前，他刚刚买了求婚戒指。分手？压根儿想都没想过。

但周醒有个秘密：自己拥有预知未来的特殊能力。

可惜，他所预知的都是两小时内发生的坏事情，譬如手机失窃、遭遇打劫、汽车追尾、商场失火……总之只要是倒霉的事情、悲摧的事情，发生在身边可见范围之内的，他就能够提前预知。

因此，就在刚才，当预知到女朋友会提出分手并宣布爱上了别人时，周醒先是发了两秒钟呆，继而果断做了个“英明”的决定：提前一步把对方甩了，并表示和她恋爱后才发现自己喜欢的是男人……

02

因为总是看见太多不开心的画面，周醒从小就是个悲观主义者。如果预见到女朋友分手，他的第一反应一定不是如何挽回，而是怎样才能“被踹”得体面一点儿；如果预见到喜欢的女孩和自己命里不合，他一定不会迎难而上，而是假装从来没有喜欢过对方。

命运不可违背。周醒坚信这一点。

所以，他一天到晚地躲着夏小凉。

夏小凉是周醒的同事，两年前她刚来公司的时候，周醒对她的好感度近乎 100 分：长得好看，胸大，人还笨。简直完美。

关键是：夏小凉居然对自己一见钟情……周醒暗暗窃喜了一个星期。

然而，周醒很快悲摧地发现，自己高兴得太早了：找谁当女友都可以，唯独不能找夏小凉。也不知道中了什么邪，周醒每次见到夏小凉，准有不好的事情发生。

这个郁闷的发现是从一顿顿悲摧的饭局开始的。

两个人第一次约会，周醒欣然赴约，特意选了那家常去的中餐厅，每次吃都会有种“天堂美味也不过如此”的感觉。然而这次，周醒刚刚落座，竟然预见到了自己满口是血。

“啊——”他一声尖叫，筷子掉到地上，把夏小凉吓了一跳。

接下来一整顿饭，周醒都吃得心不在焉，怎么会这样呢，到底出了什么情况？

周醒郁闷地胡思乱想着，他一口咬下去，忽然吃到了石头，不偏不倚，当场就把牙齿硌掉了一块，牙龈受伤，血哗啦啦直往外冒……

两个人第二次吃饭，周醒忐忑不安。因为没出公司，他就预见到拿着裂屏的手机快要哭出来的自己。

他们选了家湘菜馆，周醒特意挑了个僻静的位置，吃饭的时候紧张兮兮地抓着手机，生怕一个电话过来自己会把手机扔碗里……

果然，平时没什么电话的周醒这会儿响个不停，他顾不上吃饭，牢牢抓住手机。终于，挂了最后一个电话，发烫的手机安静下来，周醒暗自庆幸，居然躲过了一劫。

就在这时，服务员经过，轻轻碰到了周醒的胳膊肘，就是这一下，手机倏地就飞了出去。有个熊孩子不偏不倚地跑过，风驰电掣地踩了一脚……周醒捡起手机，刚买了一个月的 iPhone 已经裂屏了。

周醒觉得，碎的根本就不是屏幕，是自己的小心脏。

第三次吃饭，周醒本来是拒绝的。

但夏小凉忽闪着两只大眼睛，站在那里不肯走，脸红红的。周醒又觉得她可爱极了，决定再冒险赴一次约。

这一次，干脆去吃面。

走进店里的那一刹，周醒的眉头忽然皱了起来。果然，再次有不幸被预知了：屋顶的风扇忽然莫名其妙地砸了下来，把他俩就餐的木桌砸了个大洞。

周醒想换张桌子，站起来隐隐觉得不祥又坐了回去。就在他坐下去的一刹那，风扇飞了下来，呼啸着飞过他的头顶，“砰”的一声巨响，砸在周醒和夏小凉一侧的桌子上……

确切地说，如果周醒没坐下，他的脑袋可能就给削没了……

“你大爷的——”

看着眼泪都快吓出来的夏小凉，周醒把卡在喉咙眼的“夏小凉”三个字又吞了回去。

餐厅服务生慌忙过来道歉，周醒头也不回地说：“跟你们没关系！”

周醒骨子里就觉得，都是这个倒霉鬼夏小凉害的。

和夏小凉吃了这辈子永生难忘的三顿饭，周醒从此对她能躲就躲，躲不了就跑。

03

喜欢上周醒以后，夏小凉觉得每天都在失恋。原来女追男不是隔层纱，而是隔了一个沙漠。她沮丧地想。

周醒很严肃地对夏小凉说："以后别再来找我吃饭了！"

夏小凉屁颠屁颠地跟在他身后，一脸委屈。

"我究竟是哪里不好，我一定改，行不行？"

"你好得都快上天了，可我就是讨厌你！"

虽然，周醒其实并不讨厌夏小凉，甚至有点儿喜欢这个傻乎乎的姑娘，但他更清楚他们不能在一起。每次两个人见面，不是挨上司骂就是钱包被偷，动不动就伤痕累累，最后搞个非残即废也未必不可能……

所以周醒一狠心，扔下“小克星”夏小凉就独自上了楼。

夏小凉坐在原地发呆。

同事瞠目结舌，纷纷上前安慰，咒骂周醒这个不知好歹的家伙。半晌，夏小凉忽然咧嘴笑了起来：“你们不懂，周醒迟早是我男朋友，不许说他坏话……”

同事一听差点儿喷出来。如果公司有“奇葩我最大”“比比谁最贱”之类的评选，夏小凉肯定稳居冠军。

更令大家跌破眼镜的是，夏小凉说到做到。公司周末组织爬山，女生都不愿意去，可夏小凉一看名单上有周醒，就积极主动地报了名。

周醒得知消息，一路上腿都是软的。果然，刚到山脚下，周醒就预测到了一个恐怖的画面：周醒和夏小凉抱在一起从山上像球一样滚下来……周醒吓得一屁股就坐到了地上。同事围了过来，周醒指着夏小凉说：“夏小凉，你离我远点儿！”

夏小凉一愣，听话地默默离开。一路上，两个人保持着最大的距离，夏小凉没精打采地嚼着口香糖。

忽然，有人大喊一声：“糟糕，周醒出事了！”

夏小凉回头，周醒也不知怎么地骨碌一下从山上滚了下去……同事一片惊呼，还没反应过来怎么回事，夏小凉就以“闪电侠”的速度冲了下去。

她一个跳跃抱住了周醒，可根本无法挡住周醒的惯性。两个人如周醒预知的画面一样，紧紧地抱在一起，像球一样滚了下去……

好在命不该绝，一棵大树让这对苦命鸳鸯停止了翻滚。他们衣衫褴褛，满脸脏兮兮，嘴巴带血，一瘸一拐地爬回了队伍。

一路上，周醒决绝地一个字都不肯跟夏小凉说。

很快，办公室谣言四起，说夏小凉拼了命都要救周醒，真够痴情的，啧啧，那个周醒简直太没良心了……

第二天，周醒和夏小凉就被叫到了经理办公室。

“我们公司不允许办公室恋情，这一点望二位知悉。”

“经理你搞错了，我们没谈恋爱，也不可能谈恋爱。”周醒辩解。关键时刻，一定要和夏小凉撇清关系，让她死了这条心。

夏小凉没怎么说话，有些委屈地望了周醒一眼。

周醒看都没看夏小凉，面无表情地走出了办公室。这下总该消停了吧？他想。

可是，跟设想的完全不同，夏小凉居然又做了一个震惊全公司的举动：她辞职了。

夏小凉说，公司不许员工内部谈恋爱，所以我得辞职，我早晚要和周醒谈恋爱呀。公司的姑娘快笑抽了，纷纷劝她不要这么傻。第一，很明显周醒并不喜欢你；第二，我们公司是同行里的 No.1，你往哪儿跳槽?

但夏小凉还是坚定地离开了。

临走前,夏小凉想见周醒一面,周醒一狠心躲了出去。

回到位子,周醒发现夏小凉在自己办公桌上放了一份礼物。礼盒上,夏小凉亲笔写了三个字:“常联系”。周醒如见鬼神,急忙把贴纸拽下来扔进垃圾桶。就连那份礼物周醒也如临大敌,转送给了同事小孙。小孙刚失恋,见他这么不待见夏小凉,立马同情心爆发,把他平时对夏小凉的各种欺负连带害自己失恋的那个王八蛋一并骂了起来……

周醒悄悄翻了个白眼,心想,夏小凉这个阴魂不散的小祖宗……

04

夏小凉的位子空荡荡的。

每次经过,周醒都忍不住看一眼,然后,心底莫名有了那么一点点失落、一点点内疚。

原来自己并没有想象中的那么高兴,周醒想。

如果不是“招霉体质”,夏小凉也是个不错的恋爱对象呢,他又想。

很快，这种“失去方知美好”的酸溜溜情愫就消失了，取而代之的是新一轮对夏小凉的咒骂。

因为，以周醒的脑洞，他怎么都不会想到——夏小凉居然跳槽到公司的甲方市场部工作了，专门负责和周醒的业务对接……

周醒感觉受到了身心的10万点暴击。

而好戏才刚刚开始。

自从夏小凉从乙方变成了甲方，整个人的气场也来了个180度大转弯。对于周醒，她再也不会甜言蜜语、唯唯诺诺。

夏小凉拿着周醒发过来的报告，一口气指出了10处问题，除了重大遗漏、定位不准，连标点符号不合理、段落划分有问题都指出来了，错别字检查出了4个……

这是要打击报复自己？周醒欲哭无泪。

可怜的是，夏大小姐现在是甲方，周醒除非想砸了饭碗才能和从前一样凶巴巴地对她。更要命的是，夏小凉自从辞职后连智商都莫名其妙上升了，问题说得有理有据。从前的甲方虽然刁钻，但不够专业，偶尔还能钻个空子，夏小凉不知抽了什么风，一转眼居然变成了工作狂人。

同事纷纷八卦：夏小凉为了报复周醒连业务素质都提高了，真是人生的励志楷模。

加班从此成了周醒的家常便饭，他再也没时间去聚会、泡妞，甚至连跑步都只能夜跑。周醒的心每天都在滴血，憋了又憋，忍了又忍，终于再也受不了而向夏小凉求饶：跑了20年步，最近眼睛都快跑瞎了……

夏小凉哈哈大笑，说办法还是有一个。

怎样？

下班后我去找你，你一边跑步，一边和我对接业务……

周醒感觉头上有一群乌鸦飞过。

但他还是无奈地照办了。

每天下了班，周醒去家附近操场跑步。他和很多人一样戴着耳机，别人耳机里是音乐，但他是在听夏小凉电话中的谆谆教诲……

不远处，夏小凉跷着二郎腿，对着手机叽里呱啦，热情洋溢。

当然，两个人见面依然没什么好事儿，周醒不是踩到狗屎就是踏进水坑里……两个月下来，周醒已经有了每天主动穿旧衣服、脏衣服出门的觉悟了。

但夏小凉并没有因此满足，她把手往口袋里一插："甲方为了乙方的跑步事业不辞劳苦亲自来操场指导工作，乙方应该怎么办呢？"

周醒腿一软，差点儿跪地上。

真是一把辛酸泪啊，周醒想。隔三岔五就要"冒着生命危险"

请夏小凉吃晚饭，还要表现出很享受的样子。

可是，有哪个傻缺会享受慢慢被一个女的玩死的过程呢？

因此，周醒恨死了夏小凉，就差扎小人诅咒她了。

05

不过，夏小凉绝对是周醒见过的最不按常理出牌的姑娘了。就在周醒以为这辈子都要被她缠死害死的时候，夏小凉居然一连三天没和他主动说话。

这简直是奇迹。

作为一个资深乙方，周醒一向有着深刻的觉悟：如果甲方动不动就对乙方破口大骂，没错，这的确很惨，每天都死好几回，但是，如果有一天甲方对乙方既不夸也不骂，连理都不理了……那不是惨，那是惨绝人寰。

夏小凉不会真的把我的饭碗给端了吧？周醒想。她应该不是那么没良心的姑娘啊，虽然每次都让自己很不爽，可是显然，自己现在的业务越来越受甲方公司的肯定了，上个月领导刚刚给加了工资……

我们应该没有那么大的怨念吧？好歹也算——爱过？

周醒脑子里一片乱七八糟，就那么愣愣地等了几天，一直等到了11月8日——记者节。

周醒做过两年记者，每年这一天都会收到夏小凉狂轰滥炸般的祝福，然而今天她居然安静得跟死了一样！

周醒突然有点儿不适应，第一次去翻夏小凉的朋友圈。

什么都没有发。

周醒有点儿失望。

她不会出了什么事情吧？周醒忽然有点儿担心。

终于，周醒再也按捺不住，下了班直接跑到了夏小凉公司楼下。

夏小凉从楼道里出来，愣住了。

就在前几天，领导认为周醒提交的项目汇报太水，需要全部重做。知道周醒最近业务繁忙，夏小凉心一横，查资料、做笔记，干脆自己动手修改周醒的PPT……

熬成了熊猫眼，走在路上人都是重影的，夏小凉才终于把周醒的项目搞定。她下楼看到周醒，还以为出现了幻觉。

夏小凉当然记得今天是记者节，但她没说什么，一脸傲娇道：“既然来了，吃个饭再走呗。”

周醒鼓足了勇气和她进了一家餐馆。

果然，他再次预知到了倒霉事件：服务员上菜时洒了自己一身汤水。

周醒看了看身上的这件阿玛尼西服，一晚上躲瘟疫似的躲着服务员，终于所有菜上齐，周醒长舒了一口气。他想，待会儿崴个脚什么的就勉强接受了。

然而，后座一对情侣莫名其妙地吵起架来，脾气火暴的女生拿过一杯红酒就朝男友扔过去，对方一闪，杯子径直朝周醒砸来。此时，夏小凉眼疾手快将周醒推开，高脚杯刚好砸到夏小凉头上，当场被砸晕过去。

红酒溅了周醒一身。

周醒愣住了，那一刻他才明白，夏小凉之前的傲娇报复都是伪装的。周醒想，夏小凉啊夏小凉，你干吗非喜欢我呢？

医院里，周醒自言自语："早知道干脆让服务员洒自己一身。现在倒好，衣服没保住，人也搭进去了。"

"什么？"夏小凉醒了。

"我说——你干吗替我挡酒杯呢？你有没有发现，只要我们见面就有不好的事情发生——"

"呸呸！"夏小凉打断了周醒的话，说，"我是不是还挺有用的？嘿嘿。"

周醒被气笑了。他看着夏小凉，脸青了一块，却依然笑嘻嘻的，她的眼神很清澈，看自己的样子温柔又俏皮。

好可爱的女孩啊。周醒呆呆地看得出神。

半晌，周醒反应过来吓了一跳，瞎想什么呢，她可是灾星夏小凉啊！

很久之后，周醒才知道了夏小凉替自己改汇报的事情。

他想：这女孩是不是傻？

接连几天，周醒陷入深深的矛盾里。虽然从理性上讲，跟夏小凉谈恋爱必定是一场灾难，周醒却越来越想见她，甚至做梦都会梦到她。

难道真的喜欢上她了？

终于，周醒心一横：谈个恋爱还能死人吗？！大不了日后再分。

周醒找到了夏小凉，深呼吸，问："那个，你还，什么我吗？"

夏小凉愣了愣："我喜欢你。"

"那我们……试试吧。"周醒说。

夏小凉愣了好一会儿。终于，确定自己没有会错意之后，夏小凉爆发出一声骇人的尖叫，扑进周醒怀里。

恋爱的第一天晚上，周醒和夏小凉手牵着手，周醒觉得有点儿幸福，又有点儿担心。

"我有一个秘密。"周醒说。

"我也有一个秘密。"夏小凉答。

"我有超能力。"

"我不告诉你。"

两个人都扑哧笑了。显然，夏小凉没有相信周醒的话，周醒也不认为夏小凉能有什么秘密。只是这夜色撩人，两个人随便说点儿什么都感觉是情话。

居然真的爱上这丫头了。周醒想。

06

和克星谈恋爱的感觉，是每次没等夏小凉来到面前，周醒就能一个喷嚏感知到。两个人磕磕碰碰不断，一起打网球准有人受伤，即使改打危险系数较小的乒乓球，夏小凉也能莫名其妙地连拍子都砸过来。

自从谈了恋爱，周醒就一直处于"病号"状态。不过，恋爱的幸福指数和受伤的疼痛指数比起来，暂时还不用分手。周醒笑着想。

其实他挺开心的，虽然总是"伤痕累累"，但周醒消极惯了，而夏小凉这个乐天派，无论出什么事儿都能笑嘻嘻的，他有些羡慕。

周醒甚至有一刻想，这样的女孩，娶了也不错。

为了保证自己和夏小凉的安全，周醒像个欧巴桑，每天拐弯抹角地提醒夏小凉注意这注意那，像个神经病。

“不过,就算神经病我也喜欢你。”夏小凉搂着周醒的脖子腻歪。夏小凉顺势想去亲他，忽然被周醒一个箭步躲开了。

夏小凉傻了，周醒也十分不爽，谈恋爱以来，最麻烦的就是接吻了。

每次临到接吻,周醒就预知看见“不幸来临”,而且“伤势严重”。周醒不信邪，于是避开一次次的接吻，等下一次的时机，再下一次，总该有一次不用引来大麻烦吧?

但问题就是，每一次都那么衰，一到接吻就预知到可怕的事情发生。躲了几次之后，夏小凉都开始怀疑他生理有问题了。

而这一次，夏小凉彻底发飙。

“我究竟是长得有多丑让你下不去这个嘴?!”

周醒想解释，但理由都用得差不多了。而且，他也气恼急了。怎么就不能让我们接个吻呢？接个吻还能死人吗?!

于是，周醒狠下心，一下把夏小凉推在墙上，狠狠吻了过去。

一个长长的吻。周醒紧紧抱住夏小凉，仿佛要把之前错过的吻都补上似的。

周醒心甘情愿地等待着其他“惩罚”的来临。

奇怪的是，居然什么也没发生。更奇怪的是，接连几日，周醒什么坏事都没有提前预知，居然度过了有史以来最相安无事的一周。

难道这个吻解了我们的克星魔咒？周醒不解。

管他呢，没事情就是最好的事情，周醒带着夏小凉及时行乐，把之前因为预知倒霉而没做的想法都付诸行动：爬山、划船、潜水、跳伞……

夏小凉又蹦又跳，欢喜得像个孩子，在风中大喊：“周醒，我怎么这么爱你。之前喜欢你那么久被拒绝的难过和现在的幸福比起来，简直赚大了！周醒，还好我没放弃！”

夏小凉幸福得想哭，生活终于苦尽甘来，日子美好得像做梦。

07

就在夏小凉以为终于找到了理想的爱情时，周醒却玩起了失踪。

他们约好了看电影，夏小凉穿着好看的裙子春心荡漾，临到电影院，却接到周醒的电话，说他加班，不能来了。

夏小凉起初没在意，不就是爽约嘛。她这么爱周醒，怎么舍得怪他。

没想到的是，从那以后，几乎次次约会都是如此。周醒总有各种理由推托，身体不舒服啦，公司临时开会啦，老妈喊自己回家啦……即使夏小凉过生日，早早将房间布置得温馨浪漫，想给周醒个惊喜，周醒也依然说，单位有急事，不能去了……

单位有个屁事儿！

被放了几十次鸽子的夏小凉心想。

夏小凉终于生气了。她不明白，不久前还口口声声说爱自己的周醒怎么了？

她给老同事打电话，想到公司去给周醒一个惊喜，却被告知，周醒早就下班了……

夏小凉傻眼了。

夏小凉靠着窗户，看着外面车水马龙，发了一晚上呆。

她曾经是那么喜欢周醒，喜欢到明知周醒讨厌自己，看见他还是忍不住想要接近。

27 年了，夏小凉从来没有像喜欢周醒一样喜欢一个人。在夏小凉眼里，她早已认定，周醒就是自己的另一半。

只是这一次，她终于发现了自己的幼稚。

爱情是强求不来的。

夏小凉决定分手。

再也不要这么辛苦了。夏小凉想。

她打电话给周醒，说这一次务必见面。

08

夏小凉不知道，此刻，最痛苦的人其实是周醒。

之前约好看电影，周醒却在到达地点后预见了夏小凉在影院遭遇电梯事故、当场死亡的画面。

周醒傻了，这是第一次，预知到死亡。

因此周醒谎称临时加班，叫夏小凉不要来电影院了。

崩溃的是，此后几乎每天，无论他们在哪里约会，周醒总能提前预知到夏小凉出事，她以各种不同的姿态在自己面前倒下去。有时候是车祸，有时候是楼上忽然砸下玻璃，有时候是在餐馆滑倒，有时候甚至是遭遇行凶打劫……

老天似乎故意不让他们约会。

为了确保夏小凉的安全，每次周醒都会提前到约会地点，又无奈一次次爽约。夏小凉一次次躲过了凶险，两人见面的机会却越来越少。

有时候，因为担心夏小凉，周醒偷偷跟踪她，夜里常常被噩梦惊醒。

但他知道，不可能永远瞒着夏小凉。

刚才在电话里，周醒听出了夏小凉的反常，犹豫着答应了见这一面。

晚上，周醒提前到了约会地点，他预知到，夏小凉是来和自己说分手的，但是刚说完，就遭遇意外突然死亡……

周醒的眼泪忽然落下来。

预知了那么多次分手，从没有一次像现在这样无力承受。他多么希望如果答应了分手，夏小凉就能平平安安地过下去。

周醒甚至没怎么认真听夏小凉说话。他所有的注意力都在夏小凉四周，生怕一辆车忽然开过来将她轧死，或突然有人过来捅她一刀……

夏小凉无比难过地说出了“分手”二字，但她发现，周醒竟然根本无动于衷，不住地朝四周东张西望……

夏小凉的心彻底凉了下来。

她看着周醒，心底排山倒海地难过。

夏小凉动了动嘴唇，最终什么也没说出来，扭头离开。

周醒发现，无论夏小凉做出什么反应，走哪条路回家，都会在自己面前忽然倒下去，死掉。

周醒明白，这一次是没办法再躲了。他一把拽住夏小凉，将夏小凉紧紧抱在怀里。

“分手可以，让我最后一次送你回家。”

说完，周醒的眼睛忽然红了。夏小凉就那么被他拽着，心里彻底糊涂了。此刻的周醒，好像很舍不得自己一样，可为什么又会那样对待自己？

“对不起，很多事情我都没做好。无论如何，我都想告诉你——”周醒顿了顿，努力露出个笑容，“夏小凉，谢谢你出现在我的生命里。”

此刻，周醒觉得，或许夏小凉不是自己的克星，也不是灾星，而真正的灾星是自己，是自己害得夏小凉躲不过这一劫。

周醒话刚说完，就看到刚才预知的画面来了——他深吸一口气，将夏小凉紧紧抱在怀里，忽然一声巨响，周围发生爆炸……

伴随着救护车的声音，四周一片混乱，浓烟滚滚。

…………

09

半个月以后，医院。

夏小凉身上缠着绷带，坐在病床边。

病床上，是安安静静的周醒。

医生说，他昏迷了这么久，可能会变成植物人，醒来的概率非常小，要做好准备。

夏小凉不肯相信，颤抖着问，那就是还有希望是吧，还有可能醒过来是吧？

每天，夏小凉早早来到病床前，和周醒讲他们之前的故事，都是一些美好的事情。夏小凉说："是不是很有趣呀，我们还要一起去啊……"

夏小凉说："周醒，我最近记性不太好，我只记得你让我做你女朋友，我可不记得有人说过分手，你这样昏昏沉沉的，一定也不记得了吧？"

夏小凉每天都在周醒耳边柔声叨叨，连医生、护士都知道他们的恋爱经过了。有时候，夏小凉想放周醒喜欢的 Lady Gaga 的歌给他听，医生觉得音乐不太合适，夏小凉就唱给周醒听《坏的罗曼史》（*Bad Romance*）、《舞力全开》（*Just Dance*）、《爱情游戏》（*Love Game*）……有个实习的护士，正是渴望爱情的年纪，看到夏小凉给一动不动的周醒讲故事、唱歌，自己也在一旁偷偷抹眼泪。

夏小凉说，你哭什么呀，我都没哭。因为我知道，我们家周醒命硬，一定会好起来的。

只是，两个月过去了，周醒没有任何清醒过来的迹象。

医生叹了口气，说，你不要太执着。

但今天是周醒的生日。

夏小凉穿了素雅的裙子，化了淡妆，买了蛋糕，给周醒切了一块。

看着床上昏迷的周醒，夏小凉温柔地说："你不相信吧，我真的有一个秘密。"

"知道我为什么之前明知你不喜欢我还不放弃吗？"

"知道我为什么不惜辞职也坚信会和你在一起吗？"

"因为我提前看到了我们的未来：你是我的老公，我是你的老婆。"

病床上，周醒的手指有微微的动弹。

夏小凉没有注意，讲起了自己的秘密。

10

从小，夏小凉就知道自己和别人不同，因为她能预知到未来发生的事情。

只是，她所看到的，都是未来发生的美好的事情。虽然，不确定什么时候发生。有时候是一周后，有时候是一年后，也有时候是十年后。

每当她看到别人时，眼前常会闪现出未来这个人与自己在一起的美好画面。比如，小时候总是看到爸爸给自己买了一辆崭新的自行车，妈妈在厨房里给自己烙着最爱的牛肉小饼，还有自己在奶奶怀里安安静静地睡着了。

这些都成了很多年后自己回忆里最温暖的画面。

因此，如果谁真的对自己好，夏小凉一定可以预知到。

所以，从第一次遇见周醒起，她就知道，他是自己未来的老公。

“你不知道吧，两年前到公司工作，并不是我第一次遇见你。在那之前，有一次去面馆，碰巧坐在你旁边，你一转头，我忽然看到了未来我们在一起的画面。”

夏小凉记得，那一刻自己呆呆地望着周醒，眼前闪现出无数美丽的预知画面：周醒和她在墙下接吻，他带着自己爬山、划船、潜水、跳伞……自己又蹦又跳，在风中喊：“周醒，我怎么这么爱你！”

夏小凉愣住了，就那么一路跟踪周醒，直到到了他的公司。

然后夏小凉辞职，应聘，成了周醒的同事。

夏小凉相信，周醒就是自己未来的老公，这是上天的安排。

“一辈子太短，我想早一点儿认识你。”

夏小凉轻声说。

虽然，周醒经常对自己凶巴巴的，根本没有预知画面中的温柔，但夏小凉依然喜欢屁颠屁颠地跑到周醒面前，因为一看到他，眼前就闪现出美好的画面。

夏小凉最喜欢的未来画面，是周醒在一棵闪闪发光的树下，对自己温柔地喊“老婆”。

因此，即使周醒对自己爱搭不理、冷嘲热讽，夏小凉也根本不会生气。因为她知道这不公平，自己预知了未来的结局，而对方不知道。

夏小凉想，没关系，我等你慢慢明白。因为我比你提前预知了结局，所以就要比你更有耐心。

只是，夏小凉自己也知道，自己的预知并不完整。

因为她只能看到美好的那一部分。

就像小时候，她预知到了爸爸妈妈一起抱着她开心地逛游乐场，却没想到有一天爸爸妈妈会离婚；她预知了奶奶每次都爱讲故事哄她入睡，却不知道有一天奶奶会在睡着后再也不醒来……

有时候，夏小凉讨厌自己这样不完整的超能力。看着周醒一次次爽约，夏小凉想，或许，即使结了婚，我们也未必那么幸福吧……

夏小凉握着周醒的手说："其实，很多时候看你很烦我的样子，我就问自己，或许这一次预知错了吧？但我后来明白了，为什么我无论如何都坚信你会是我的老公？那是因为，我真的喜欢上你了呀！我爱你啊，周醒。我多么希望预见的美好都是真的……"

第一次，夏小凉在周醒的床前，终于忍不住哭了起来。

哪怕周醒出事儿以后，夏小凉也没有哭过，她觉得，周醒一定会好起来，所以她不要让周醒听到自己哭。他最喜欢笑嘻嘻的自己啊。

可这一次，夏小凉终于委屈地哭了起来，她越哭越难过，她害怕秘密说出来，就不灵了。

“周醒，我想做你老婆啊！你给我醒醒！我是你老婆夏小凉，你起来跟我去结婚啊……”

一滴泪，从周醒的眼角滑过。

11

夏小凉哭得没了力气，在床边困得昏睡过去。

夏小凉有多久没好好休息了呢？不知道。只知道这天夜里，她做了一个美丽的梦，梦里很多人在喊：“夏小凉——”

夏小凉不愿意醒来，可当被医生、护士拍醒，夏小凉才发现，植物人周醒居然醒了过来！

夏小凉的眼泪哗哗地顺着脸颊流了下来，啪嗒啪嗒地往下掉。

周醒终于活了过来。

医生和护士都很激动，他们见证了生命的奇迹。夏小凉重新恢复了脸上的神采，每天快快乐乐地去给周醒买早饭、午饭、晚饭，给周醒讲各种有意思的事儿，告诉他错过了哪些微博热搜话题和哪个明星宣布结婚了的八卦。

夏小凉觉得，和周醒在一起，说什么都愉快惬意，做什么都满心欢喜。

周醒一天天好了起来，奇怪的是，自己的特殊能力似乎不见了，他再也没有预见到任何不幸的发生。

有一刻，周醒也有点儿想哭，但他忍住了。想起自己醒过来那天夏小凉哭着喊着要做自己老婆的样子，忍不住笑了起来。

原来，比起夏小凉的秘密，自己的秘密根本不算什么。

这一天，是周醒出院的日子，也是平安夜。

月下，街头，圣诞的歌谣和五彩缤纷的平安树将这夜晚装点得格外迷人。

夏小凉和周醒在一家中意了许久的餐馆狠狠地大吃了一顿。夏小凉戴着一顶圣诞帽，摸着肚子心满意足地走了出来，她看着身边的周醒，觉得无比美好，忍不住向前蹦了两步。

夏小凉走在前面，忽然想起什么，回过头，对周醒笑眯眯地说：圣诞快乐呀，周醒老公！

然后，夏小凉愣住了。

因为此刻，周醒正站在一棵闪闪发光的圣诞树下，无比温柔地看着自己。

“老婆——”

夏小凉哇的一下子就哭了出来。

一模一样，这就是那幅自己最心动的预知画面啊!

“老婆——我爱你。”

夜色温柔，周醒微笑着把这句话说完，一把将夏小凉搂入怀中。

Chapter 5 人生交换师

01

凌晨一过，繁华的街头渐渐冷清，熙熙攘攘的人群散去，世界安静下来，我也终于可以安静下来。

一只猫追赶着飞虫，我轻轻挥手，转瞬，猫变成了虫，虫变成了猫。

我是一名人生交换师，来自人类宇宙之外的平行时空，我在地球的名字叫宋年。

在我的家乡 M 星球，大家都有自己的家族技能，而我的能力，是让两个不同的生命体互相交换。饥寒交迫的乞丐可以与日进斗金的富翁颠覆身份，花样少年可以与垂暮老人交换身体，老板可以和员工换，学渣可以和学霸换，人与狗，花与树……

只要我想，人生交换不过是举手之间。

我已经为 72 对不同身份的人交换过身体，依然没有找到想要的答案。

我当然不是来地球观光旅行的。

地球远远落后于我的家乡，人类寿命短暂，情绪波动太大，竟然还有人为了失恋自杀……总之我不喜欢地球，恨不得尽快离开这里。

像我一样潜伏在地球的 M 星人还有很多，他们和我一样，在家乡犯了错误，被惩罚到地球来研究人类。

而我的命题是：一个地球人生活得幸福不幸福，究竟取决于什么？

找到这个问题的答案我才能回到 M 星球，因此我迫不及待地交换不同的人生，想看看是什么因素影响着人类的幸福感。

02

今天助手帮我选中的交换对象，是一对结婚两年的小夫妻。

男的叫罗圈，心宽体胖，幸福指数 77.9；女的叫陶陶，刚刚怀孕，幸福指数 68。

助手给出的理由是：性别就是影响人类幸福感的关键因素。

简直幼稚。

但对这种叛逆少女，我懒得与她争论。我的助手唐小小是个 18 岁少女，正宗地球人，而且是个愤世嫉俗、满腹牢骚的姑娘。

虽然不喜欢她聒噪的个性，但我无所谓。

陶陶有“生育恐惧症”。

害怕成为“孩奴”,害怕失去自由,害怕身材走样。最重要的是，怕生孩子太痛，自己生产时不小心挂了……

陶陶怀孕后第一天一惊一乍，第二天惶恐不安，第三天焦躁失眠……陶陶怀孕第 10 天，翻来覆去只想打胎。

罗圈每晚在心里默念 18 遍：如果我能替她生孩子就好了！

我轻轻挥手，让他们交换了身体。

陶陶四点就醒了，摸了件火红的文胸穿衣起床，忽然，她觉得有点儿不对劲儿——

“啊——我的胸呢！”

陶陶一声惨叫，从床上一骨碌跳了下来。她找来找去，在确认这就是自己的“胸”而不是“背”后，忽然一个僵尸躺，直愣愣地倒在地上。

罗圈睡得跟死猪一样。五点钟，他起床去嘘嘘。

迷迷糊糊中，罗圈一低头看到了一片赤裸裸、白花花的胸。

罗圈愣住了。他四下张望了一圈儿，终于，他小心翼翼、做贼心虚地将自己的手放到了胸上。

手感不错……罗圈闭着眼睛想。

真是个好梦！

别让我老婆看到！

咦，我老婆呢？

罗圈忽然被绊了一跤，他这才发现地上躺着个人。

“老婆，你怎么晕倒了！”他蹲下身。

“咦——我怎么晕倒了？”

罗圈拍打着地上那张脸：“这难道不是我吗？”

…………

“鬼呀——”罗圈终于爆发出一声惨叫，昏倒过去。

和所有交换对象一样，罗圈和陶陶起初震惊不已，关在屋子里大眼瞪小眼。

“不活了！我变成臭男人了！”

“一起死！我变成肥孕妇了！”

嗯？

两人同时愣住了。

对哦，我变成孕妇了？可以替她生孩子了？罗圈想。

“如愿了吧，可劲儿生！”陶陶幸灾乐祸。

他们一致认为，是老天听到了罗圈的祈祷，来帮助他们保住这个孩子。

很快，两人平复了心情，接受了事实，开始了交换人生的生活。

只是，陶陶总忘记是在罗圈的身体里，每次还是习惯往女厕所跑，结果被当成流氓暴打了好几回；她和从前一样同女伴打闹，结果因为力气太大差点儿把其他人砸晕了；到邻居家做客，邻居女儿生理期痛得死去活来，陶陶忍不住去安慰，但一开口就是“叔叔第一次来大姨妈的时候也超疼”，吓得邻居脸都绿了……

变身女性的罗圈也没好到哪儿去。

天一热就爱掀上衣，第一次穿高跟鞋就把脚崴了，看见大胸大屁股女人就吹口哨，一脱裤子经常找不到“小弟弟”嗷嗷乱叫……

两个人每天的生活鸡飞狗跳。

罗圈由于有了“孕身”，动不动就使出撒手锏：这孩子我不生了！

陶陶才不吃这一套：“那我就把你的血给献了！把你的肾给捐了！”

两人越吵越凶，罗圈拿出剪刀，要剪掉一头飘逸的秀发。

陶陶气得把身上的汗毛全剃了……

眼看着自己大男人的身体被陶陶搞得不男不女，罗圈心跳加速、呼吸急促——

居然要生了。

手术室里，传来阵阵杀猪般的号叫。

陶陶在门外，作为一个“大男人”哭得稀里哗啦。

随着一声啼哭，一个新的生命来到世上。

四周一片笑容。

“天哪，你这个冷面外星人居然也笑了？”唐小小惊诧地看着我。

是吗？我吓了一跳，这可是自己来到地球后第一次露出笑意。

唐小小不屑：“下面你将见证一个女婴在这个社会的成长史。”

“女孩怎么了？”

“爸爸不疼，婆婆不爱！”

这么狗血的桥段，我还蛮想看看的。

事实恰恰相反，大家对这个女儿宝贝无比。

而看着那个咿咿呀呀的女婴有一刻要从床上掉下来时，唐小小居然隐身借助不太熟练的外星能力，努力将女婴从半空推回了床上……

第一次看到唐小小对别人表现出善意。我有点儿意外，忍不住摸了摸她的头发。

“哎呀哎呀，真恶心。你们外星人也玩‘摸头杀’这一套吗？”

她不知道，这是M星人的独有特征。虽然现在唐小小可以隐身、瞬移、听到他人内心的声音，但她没办法像我一样，通过触摸别人头发看到对方内心的画面。

是的，我看到了唐小小脑海里闪烁的过去。

唐小小救女婴的一刹那，记忆里是她的童年。她和爷爷在一起，看上去很开心，但爷爷刚转身，她就不小心从床上掉了下来……

我看了一眼唐小小，原来额头上那道浅浅的疤痕是这么来的。

我一直知道唐小小生活得不幸福，此刻，她头脑中的画面告诉了我原因：她是被爷爷带大的孩子。因为重男轻女，唐小小一出生就被父母抛弃，与爷爷相依为命，可是8岁那年，爷爷突然病逝……

唐小小在爷爷坟前睡了整整一个星期，从此开始了一个人的生活。

“原来性别导致不幸福的人是你自己？”

她一愣，反应过来我看穿了她，立马翻脸：“依仗有点儿超能力就对别人指手画脚，你们外星人真自以为是！”

唐小小转身要走，被我拦了下来。

监控画面里，罗圈正给孩子喂奶，看着自己膨胀的罩杯，他兴奋得直流鼻血，变换着姿势大尺度拍照留念，陶陶气得穷追猛打……

看到不时狼狈却幸福的一家三口，唐小小扑哧笑了……

测量仪显示，罗圈交换身体后，幸福指数不降反升。

又一次实验失败了，我轻轻挥手，罗圈和陶陶恢复了本来的样子。

“这次算我有私心，下次帮你好好想嘛……”唐小小底气不足地说。

我暗笑。这些地球人，似乎比想象中有趣一点儿呢。

03

在我的家乡M星球，幸福指数都是相似的，在80到85之间徘徊。我们没有对亲情、爱情的强烈体验，没有眼泪，更不会感到绝望，即便地球人最常见的喜怒哀乐也很少发生，生活平和，从不陷入极大痛苦，也不会感到极度兴奋。

在我看来，这是良性的状态，我们的平均寿命可以达到500岁。没有人知道，看似30岁的我已经372岁了。

而唐小小总是一惊一乍，对幸福感的判断简单粗暴：“钱哪，一定是钱！”

“我活一世，‘赚钱’二字。”

“穷人钱比命重要！”

经济状况对生活质量的影响是我来地球后感触最鲜明的一点，我的家乡可没有这么大的贫富差异。所以，接下来要找一个穷人和富人交换身体？

“彭斯坦和康宝儿她爸就 OK 啊！”唐小小对着监控耸耸肩。

监控里，几个大学同学正在酒吧聚会：罗圈、陶陶、彭斯坦、康宝儿，还有一男一女。

我和唐小小隐身来到他们身边。

大家嘻嘻笑笑，此刻，彭斯坦的幸福指数是最低的。

他心里不断发出声音：为什么别人都过得比我好？为什么只有我穷得叮当响？参加什么同学会，我干吗不去死呢？

彭斯坦和罗圈是大学室友，毕业后，罗圈很快和陶陶结婚生子，而彭斯坦不但上个月被公司开除，连女朋友也提出了分手。

现在肯陪伴他的，只有陶陶怀孕后送的那只叫“包子”的短毛猫。但彭斯坦的忧伤根本没人理会，大家都在忙着给康宝儿献计献策。

康宝儿是当地首富之女，令她苦恼的是，爸爸最近竟有了外遇。

一帮人义愤填膺、叽叽喳喳地要赶小三儿。

彭斯坦此时的心声却是：啊，这么有钱，有外遇也很正常吧。像我这种穷人才不会有外遇，根本就没姑娘肯跟你好嘛……

“彭斯坦明明比罗圈长得帅，为什么幸福指数只有 53？这就是穷的代价！”唐小小掷地有声地说。

幸福指数确实低了一点儿，我点点头。

“康宝儿她爸明明什么都有，还偏要出轨，把他的人生送给彭斯坦得了。垃圾男！”唐小小义愤填膺地说。

没看出来，唐小小还挺爱打抱不平的。

不过，金钱确实是难以忽略的因素。我轻轻挥手，彭斯坦和康爸交换了身体。

康宝儿爸爸一分钟前还在和小三儿约会，一分钟后忽然跑到了酒吧里，眼睁睁地看着女儿和同学批斗自己出轨，他顿时恼羞成怒，让康宝儿赶紧回家。

但康爸不知道，自己此刻已变成了彭斯坦的脸。大家看神经病一样看着“彭斯坦”，说你吃错药了吧！

而这会儿真正的彭斯坦，正站在五星酒店的海景房里，一位性感美女边说“康总，什么时候离婚啊”，边冲他扑倒过来。

美人香肩半裸，“胸器”逼人。彭斯坦瞪大了眼睛，不知道该躲呢还是该迎上去？

“可康总是谁？”彭斯坦被美人搂住猛烈地亲了起来，脑袋里一团糨糊。

彭斯坦忽然看到了自己苍老的手，吓了一跳，继而，他仔细瞅着全身上下，透过酒店一面镜子，彭斯坦一声号叫，晕倒在地。

小三儿还以为康老爷子一命呜呼了，吓得魂飞魄散、花容失色。

彭斯坦醒来，康宝儿正在床前，喊着：爸，爸……

康宝儿居然叫自己爸爸?

他终于想起晕倒前的事，猛地掀开被子，从病床上径直跳下来。由于此刻的他已经是52岁，这一跳差点儿让他一头栽下去。

“我爸这是脑子烧坏了吧?”康宝儿和妈妈说。

变身康爸的彭斯坦躲在洗手间里哭得像个孩子。忽然有一刻，他想明白了一件事：自己变成康宝儿爸爸了，也就是说，有钱了?!

彭斯坦忽然激动起来，他曾经想，死也不要穷死，做鬼也要做个富鬼。

所以，管他是谁的身体，先感受下一夜暴富的滋味吧!

彭斯坦从洗手间出来，性情大变，合同、文件看也懒得看，直接叫司机开车去商场。

康宝儿觉得爸爸彻底疯了。

彭斯坦走进商场，空气都变得不一样了。啊，平时买不起的名牌衣服、包包、葡萄酒……

香烟来上十条，Zippo打火机拿上一打，还有钟爱的电子设备，手机备上三五部，相机各个品牌试用一下，运动手环这么便宜，给老子包起来……路过珠宝首饰专柜，彭斯坦想，泡妞利器啊!

服务员，来五条最贵的链子……

助理看得目瞪口呆，不知道这位“老人家”在想什么，居然还买了一大包牛肉干、薯片和可乐……

但这远远不够，彭斯坦决定去 KTV 吼上一夜。

钱真是个好东西。他走进每一家店的底气更足了，腰也终于挺直了。哎哟——刚吼了两声，彭斯坦忽然猛烈咳嗽起来。

彭斯坦这才发现，自己浑身是汗，两腿无力……

现在可是“52 岁高龄”了呀，他终于意识到这一点。

不行，我还没体验完有钱人的感觉呢！彭斯坦挣扎着前往夜总会，他要左拥右抱，和美女共度良宵。

彭斯坦掏出厚厚一沓人民币，美女们性感妖娆地将他包围。

但是，才卿卿我我了几分钟，他就感到体力不支，头晕目眩。下午乱吃的零食也导致身体不适，“砰”的一声，再次跌倒在地……

彭斯坦又住院了。

康爸早年打拼事业透支身体，30 岁就白了头发，不到 40 岁身体就跟 50 多岁一样。高血压、糖尿病、胃病、关节劳损、慢性支气管炎……

彭斯坦感觉，康爸的身体就是个生病机器，浑身上下没一处好的。

为了“感受有钱人”，彭斯坦强撑着出了院。然而，没完没了的文件等着审批，一周有半周要出差，手下集体包围了自己，好不容易躲到家中清静会儿，小三儿又通过私号骚扰不断，康妈一会儿痛哭流涕一会儿闹离家出走，康宝儿看自己的眼神永远充满愤怒……

彭斯坦这才发现，他曾经艳羡的康宝儿家庭，竟如此令自己招架不住。

而且，由于不懂经营，这几天他让集团损失了几千万……彭斯坦心力交瘁，旧病新疾一起发作，再次被送到急救室。

躺在病床上，彭斯坦忽然无比怀念真正的自己。那个虽然贫穷、被女朋友甩、被公司开除却生龙活虎的自己；那个在篮球场、足球场上叱咤风云的自己……

一切为时已晚。

感受到死亡的敲门声，彭斯坦挣扎着走向自己曾经的出租屋。

出租屋的灯亮着，彭斯坦吓了一跳，难道有贼？

推开门，却发现一个拥有彭斯坦面孔的家伙正在用电磁炉吃涮火锅。

“你是谁？！”彭斯坦拖着康爸的身躯，震惊不已。

对方停下火锅，与他对视良久，忽然笑了。

“原来我有这么老哦？气色也这么差……”

是的，这个人才是真正的康爸。

“年轻、健康的身体真好啊！”康爸说完，又去捞涮肉。

“还我的身体！”彭斯坦激动地上前。

康爸一个箭步闪开，彭斯坦摔倒在地，久久爬不起来。

“快把他们换回来呀！彭斯坦太可怜了！”唐小小央求我。

彭斯坦现在成了首富，可他的幸福指数有多少呢？

“天哪，22.7！这样会死人的。”唐小小喊了起来，“是我害了他！金钱不是影响幸福的关键因素，快把他换回来吧，贫穷有什么错……”

“一个身体健康、年纪轻轻、受教育程度也不差的男生，贫穷就是有错。”我平静地说道。

唐小小没有反驳我，一脸沮丧。我忍不住摸了摸她的头发。

本来是无意之举，她脑海里的画面却电影一般涌现出来。

爷爷去世后，唐小小在垃圾堆里拣过食物，蹭过百家饭，从小见多了世态炎凉，见人说人话，见鬼说鬼话，回到家永远是一张痛苦的脸。

从 8 岁到 18 岁的 10 年，每一天都在为生计发愁。别的小孩任性摔掉父母做的不可口的饭菜，她却从来不知道有父母做饭是什么感觉……

有那么一次，唐小小看到一个小公主打扮的女孩和妈妈出来扔垃圾。垃圾里有个好看的布娃娃，唐小小刚想捡，小公主却一脚将布娃娃踢到了泥潭里……

我愣了下，唐小小的贫穷又有什么错？

此刻，彭斯坦在地上垂死挣扎。

他心底发出强烈的声音：身体才是最大的财富，如果重来一次，一定要用力去活……

唐小小眼睛里有晶莹的东西转来转去，安静又隐忍，与我之前认识的她截然不同。

我挥挥手，彭斯坦和康宝儿爸爸换回了身体。

唐小小一下子哭出声来。

“早说嘛，就知道你没这么狠心……”

死里逃生的彭斯坦激动不已。他拍打着自己年轻的身体，抬抬胳膊，又踢踢腿。地上，康宝儿爸爸发出一阵呻吟。

彭斯坦想也没想，抱起康爸就向医院狂奔而去……

04

半个月后，彭斯坦家。

陶陶、罗圈、康宝儿、彭斯坦把酒言欢，庆祝彭斯坦谋到了新工作。他像是换了个人，打扮精神，笑意盈盈，出租屋也被收拾得焕然一新。

陶陶的猫咪“包子”被彭斯坦养得蠢胖蠢胖，康宝儿正逗着它玩。

此刻的彭斯坦，幸福指数是82，康宝儿则成了幸福指数最低的人。

康宝儿抱着猫咪，一脸沮丧：“包子啊包子，好羡慕你自由自在……我每天不是钢琴课、插花课，就是茶艺、书法课，感觉像要进宫选秀。每次说出个男生名字，家人就会第一时间搞来对方的档案……好累……”

“我知道啦！”唐小小大吼一声。

“其实地球人都很辛苦，还是猫啊狗啊比较幸福。”

“什么意思？”我问。

“不如让康宝儿和猫咪交换身体啊，我看她很向往猫咪的生活嘛。”

“神经病。”我懒得理她，转身去看电影。

唐小小愤愤不平，将电影换成了她爱的影片——《这个杀手不太冷》。

片中，马蒂尔达问里昂：人生总是如此痛苦，还是只有童年如此？

里昂回答：总是如此。

唐小小又激动起来：“你看你看，你的命题就有问题，人类根本就是痛苦的。找什么幸福源泉……”

“康宝儿的幸福指数正在下降，你给她换一下嘛，就一个星期……”

“地球上那么多生命，你的报告里只有愚蠢的人类，你们星球人是傻子吗？！”

唐小小啰唆起来还真烦人。猫咪和人谁更幸福我并不关心，但为了享受片刻的宁静，我挥了挥手。

这是晚上八点半的地球一角，夜色静谧而美丽。康宝儿原本正在上法语课，忽然变成了躺在彭斯坦家中的猫咪。

康宝儿吓了一跳，大喊一声，却只发出了“喵呜”的声音。

彭斯坦赤裸着上身过来，摸了摸它的脑袋。

天哪，为什么我变成了“包子”？康宝儿暗想。

天哪，彭斯坦的身材居然这么好？康宝儿又想。

我一愣。现在的小姑娘都什么关注点？

那只叫包子的猫咪自然变成了康宝儿。包子看着黑板上的天书，听着外教的叽里咕噜，完全傻眼。

包子准备起身回家，外教喊了几声也没理会，然而它遇到了一个最大的麻烦：人类究竟是怎么用两条腿走路的？

包子走了几步，全场轰然爆笑。

一向大家闺秀的康宝儿居然开始恶作剧了？她在爬着走路耶！

大家此起彼伏、乱七八糟的心声吵死我了，唐小小却一副看热闹不嫌事大的模样。

猫咪变的康宝儿被司机接回了家，妈妈和爸爸傻眼了。

接连两天，“康宝儿”不说话，也不学习，就那么四仰八叉地躺在地上，偶尔玩会儿毛线，要不然就伸出舌头舔自己，晚上还会到墙头去散步……

康爸和康妈急疯了，将康宝儿送遍全市最好的医院，都查不出问题。

包子还算争气，第三天终于学会说话了，但它一张嘴说的就是：吃鱼……

心理医生说，康宝儿平日生活太紧绷，管教太严厉，可能受了什么刺激突然就痴痴呆呆了，只能慢慢调养……

康妈、康爸自责不已，不敢再束缚康宝儿，任由她站没站相、睡没睡相。

过了几天，情况果然有所好转（其实是猫咪终于适应了人类的生活）。有时候，康爸在看书，康宝儿就径直过去坐在爸爸腿上，静静地看着爸爸工作。也有时候，康宝儿主动和妈妈一起睡觉，尽管睡姿依然不雅，康爸、康妈却激动不已。

自从康宝儿长到青春期，他们就没和女儿这么亲密过了。

这些天，往日温馨的时光仿佛又回来了，康爸、康妈也终于想起来，康宝儿小时候身体不好，他们曾天天祈祷，只要女儿健康成长，其他一切都不重要……

此刻，真正的康宝儿正作为一只猫咪躺在彭斯坦怀里呢。除了猫粮不是很喜欢，生活还是挺自在的。有时候她用爪子玩彭斯坦的电脑，有时候溜出去看男生打篮球，有时候跑去看海，也有时候只是静静地发呆。

而且，她有点儿喜欢上彭斯坦了。

真是个上进的男生呢！康宝儿想。

好帅啊，以前怎么没发现呢。康宝儿又想。

就在康宝儿以猫咪的身份躺在彭斯坦怀里犯花痴时，我挥了挥手，让她变回了人。

康宝儿一惊。很快，她垂下脸来，担心生活又要回到爸爸对她查东查西、老妈催她学这学那的循环里。

然而，一周过去，父母仿佛换了一个人。不再逼她做不喜欢的事情，不再凶她，吃完饭全家会一起散步……

康宝儿的幸福指数很快上升了10个点。

“你可真是个好人！”唐小小笑着对我说。

这……就算是外星人，我也知道“好人卡”最好还是不要领。

只是，唐小小自己可能都没察觉，以前那个消极、戾气的她不见了，现在的唐小小阳光、开朗，对世界充满好奇。虽然依旧聒噪，却很容易叫人心生喜欢。

发现这一点的时候，我吓了一跳。

自己的情绪似乎比初来地球时丰富了许多，会和唐小小故意拌嘴，惹她生气却暗自偷笑，偶尔也不忍唐小小难过，悄悄修复了那只陪伴她多年破烂不堪的布娃娃。

但有件事我一直没告诉唐小小：她并没有摆脱死亡的命运。

05

我来到地球寻找助手时，唐小小刚刚查出白血病。

她无法消解命运对她的戏弄,半夜独自在街头痛哭不已。然而，最悲伤的时候,有一群小流氓从胡同里蹿了出来,对着她嬉皮笑脸，动手动脚。

唐小小本来心已绝望，那一刻，她发现命运对自己真的很不友好。她对着流氓冷冷笑了两下，忽然从包里掏出一把小刀，向为首的男孩重重刺去……

我是在唐小小将刀捅进对方肚子前的一刹那，把她带回人生交换铺的。

唐小小并不怕我，也不在乎做什么交换助手，那天的她满脸倔强，只反复对我提一件事：杀了那几个臭流氓，你让我干什么都可以！

我当然没有杀人。

许久，唐小小平复下来，我和她谈妥条件：让为首的流氓和植物人交换了身体……

现在，那个流氓还在医院里躺着呢。

唐小小一直以为我是无所不能的。

在人生交换铺的日子，她从一个厌世少女变得热爱生活，但她忘了，疾病依然在她身上，我不能改变这一点，我只是放缓了病变进程。

M 星球的人来到地球虽然能力超出常人，但我们不允许改变人类正常的生命轨迹。也就是说，我不能随便将一个人杀死，也不能挽救一个将死的人，一旦触犯，就将永远无法回去。

起初，我并不在乎唐小小的生死。

奇怪，在 M 星球生活了 300 多年，并没什么感情变化，来地球才不过一年，我对唐小小居然有了本不该有的留恋。

心底非常矛盾，但是我不能说。

唐小小还在积极地为我寻找交换对象。

此刻，她又找到了一个幸福指数非常低的女人：康宝儿爸爸的情人 Betty。唐小小分析，一定是因为身份问题。同样是首富身边的女人，康妈有老公，有认可的身份、漂亮的女儿，随时随地感受着来自外人的羡慕。但 Betty 跟了康爸半年，一直郁郁寡欢。

“你要让两个人交换身份？”

“既然性别、金钱、年龄都不是决定性因素，身份肯定更关键。”

我挥了挥手，康妈与 Betty 交换了身份。

唐小小很意外我竟然这么好说话。

唐小小的时间不多了，发热、牙龈出血，我不知道她是没注意还是假装不知道，只希望她在最后的日子开心些。

康爸一如既往地在两个女人之间游走。

面对妻子，他保证要跟对方断绝联系，结果“啪”地就挨了一巴掌。他不知道，此刻的妻子其实正是情人 Betty。

面对情人，康爸大肆抱怨妻子，没想到情人丝毫没有迎合，而是一脸沮丧。因为此刻，情人其实是康妈。她才发现，原来自己令丈夫这么厌倦。

Betty 曾想，哪怕做他一天的妻子也知足了。而这一天来临时，她才发现没有想象中兴奋。

这天是康宝儿的生日，一家人热热闹闹。

“谢谢爸妈不嫌弃我把我生下来，还养成了大美女。”康宝儿调皮道。

“谢谢你妈一次次把我从鬼门关拉回来。”康爸笑了。

这话并不虚伪。康爸为事业拼搏这些年，数回死里逃生，应酬后吐血，过度劳累晕倒，常常醉醺醺地回到家，是康妈为他洗脚、按摩，在医院悉心照料。

那一刻，Betty 忽然发现，这个家那么完整、美好，离自己那么遥远。

Betty 在心里痛苦地想：再也不要和这个男人有任何牵连了。

我轻轻挥手，让她恢复了本来的自己。

Betty 搬了家，换了电话，切断了和康爸的所有联络。

从今以后，要开始新的生活。Betty 从心底里发出强烈的声音。

06

作为一名人生交换师，我本不该对人类有任何动容，现在却越来越难以控制。

唐小小的病情终于大面积发作：出血、头晕、呕吐、抽搐……但她还在积极帮我寻找交换对象。

我们让催婚的妈妈与大龄的女儿交换了身体，妈妈才发现，想结婚没那么容易；我们让经常切换身份的酒店试睡员和小演员交换了身体，没想到试睡员竟然演技爆发，帮助小演员走上了星光大道；我们也曾让一天到晚被老板骂的小白领和总裁交换了身份；甚至让中国宅男和美国夜店服务生交换了身份……

一切交换都是唐小小的主意。

她说："我这么没头脑，你不怕找不到答案回不到 M 星了吗？"

"不怕。"我笑着答。

我没有说，其实我已经有了答案。

但我不想回去了。

唐小小的病症越来越明显，她自己也意识到了。

每天，她都在心里想：一定要在死之前，帮宋年找到有关幸福的真正答案。

唐小小喜欢我，这在许久前我就已经知道了。

但她不知道,她口中的“冷漠外星人”其实也早已喜欢上了她。她能听到所有地球人内心的想法，却听不到我的。

是什么时候喜欢上她的呢？不知道，或许，是从配合她每一次期待的交换开始的吧。

她为我苦苦寻找交换对象，而很多次，我只是在认真配合着，希望她能开心。时间一天天地过去，我没办法再对她的病情置之不理。

一觉醒来，唐小小感觉身体好了许多。

她蹦蹦跳跳，说，今天好像格外有力气！

我笑笑，假装扭过头去忙事情。

她兴奋了整整一天，直到看到了镜子中的自己。

她喊了起来，哭了起来。她说，宋年我恨你，为什么要让我和别的女孩交换身体？！

是的，我再也不想看到她被病痛折磨，趁她熟睡将她和另一个女孩交换了身体。

唐小小哭得稀里哗啦："从小到大，除了爷爷，只有你真正关心过我。能被一个冷漠的外星人这样关心，宋年，其实我觉得好幸福。"

"可是我讨厌你自作主张！"唐小小大喊。

"另一个女孩有什么错？凭什么要接受我病入膏肓的身体？！"

"从小到大，每次遇到挫折，我总在心里喊，我究竟做错了什么，为什么要这样对我？"唐小小越来越激动。

"所以，不可以！即使我死，此刻也是幸福的。但如果我带着别人的身体苟且地活下去，我做不到。你问我最幸福的事情是什么，那就是死之前还可以在你身边，为你寻找答案！"

唐小小靠着墙角，慢慢蹲下身去。

她想止住哭泣，身体却不停地颤抖。

我听到她在心里喊：我爱你，宋年。好想和你一起活下去……

我忍着心底巨大的悲痛，让她和女孩换回了身体。

对不起。我在心里说。

唐小小许久才平复下来。

"知道当初为什么偏偏选你做我的助手吗？"我问小小。

"我漂亮呗。"她笑笑，试图缓和刚才的尴尬。

我摇摇头。

“我智商超群！”

我耸耸肩，一副见到鬼的表情。

“到底是因为什么？”唐小小有点儿不耐烦。

“因为你是我来到地球时，遇到的幸福指数最低的人。”我说。

唐小小愣住了。

“有多低？”

“9.6。”

她吃惊得说不出话来。

正如当年遇到她的我一样。

那些天，我总是悄悄隐身跟踪她。我不明白，一个年轻、漂亮、聪明的女孩子，为什么每天会如此痛苦地活着？

唐小小心里永远在问着和《这个杀手不太冷》中小女孩类似的问题：

人生是永远如此艰难吗？

好痛苦。不知道为什么活下去。

爷爷。我好累。

…………

因此，我选择了唐小小做自己的助手，比起其他交换对象，我更在意她的状态。我想知道，这个世界上最不幸福的人，有一天会不会改变，会因什么而改变？

是的，我很早就有了答案。

许多交换实验本不必再做，但我爱上了她，爱上了她积极为我寻找答案的样子，爱上了她在别人的故事里捧腹大笑或者感动得稀里哗啦的样子……

“我现在的幸福指数是多少？”唐小小心虚地问。

我让她自己看。

89.2。唐小小不敢相信自己的眼睛。

是的，即使病魔缠身，她也早已告别了那个曾经无助、绝望的自己；即使面对死亡，她心里也有幸福的事情要迫不及待地去做。

“幸福是一种能力。是给予爱与得到爱，是面对自我与成长自我。”我轻轻地说。

“真想就这样幸福地死在你的怀里。”唐小小笑道。

我紧紧抱着她，握着她的手。

此刻，她的身体在一点点地恢复，而我再也不能回到M星球了。

是的，我不该左右别人的人生，但我可以为自己负责。我用自己本可以活500岁的身体祛除了她的疾病，尽管此刻，我的手开始长出色斑，脸上也有了一丝皱纹……

我曾经不屑一顾的爱与被爱，原来是地球人类拥有的最宝贵的东西。

我的体质正在发生变化，但我清楚地知道：此刻，我很幸福。

Chapter 6 猫小姐减肥日记

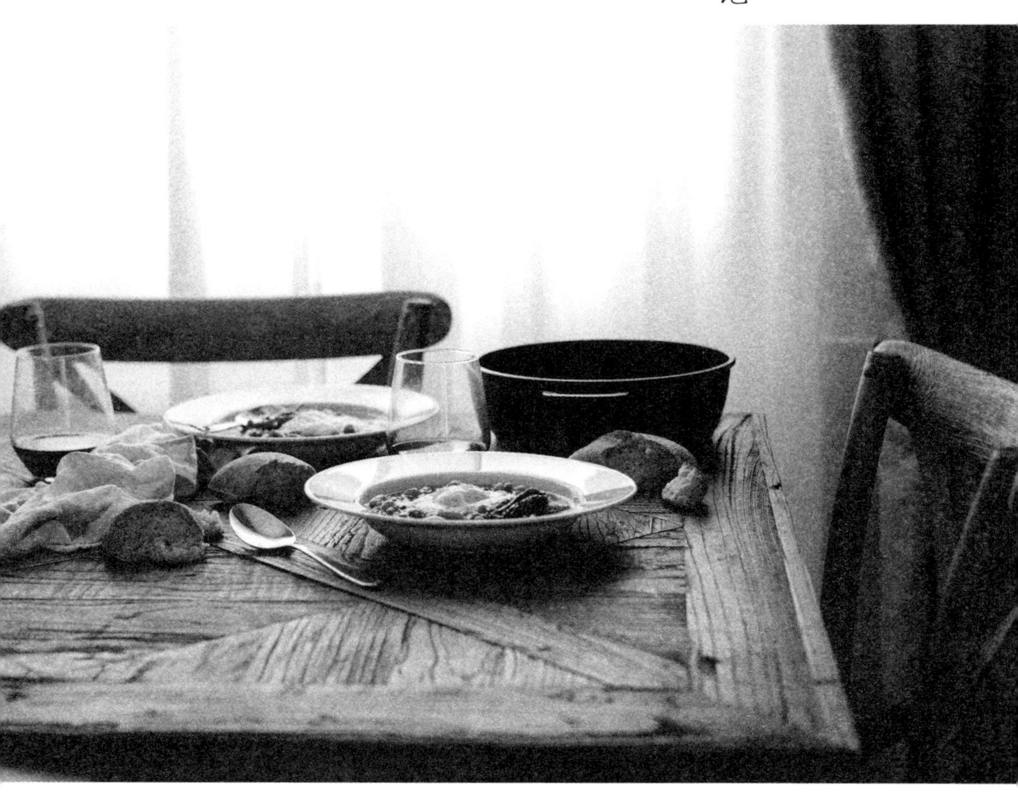

2015年7月11日　这社会对胖子有种深深的误解

有谁能了解一个胖子的忧伤吗?

上午搬家。

大清早我吭哧吭哧挥汗如雨，从桌子后面捡出来一张照片，是前男友的。分手前他说，小猫，你怎么就不肯减肥呢，你的五官也挺好的，但这么胖，哭得再凶都不让人心疼……

听听，这是人话吗?

但这是现实。挤地铁动不动就被人当成孕妇，专业“怀孕”十多年;每次和朋友自拍都拼命往后躲，结果还只能照进去半张脸;淘宝买衣服难得上传一回买家秀，店家居然退我10块钱逼着我删除……

胖子身上的每一处脂肪，都有一个名字叫悲伤。

为了抚慰自己受伤的小心灵，我决定大吃一顿。

坐在我邻桌的是一对小情侣。

男的:“乖，多吃点儿。”

女的:“讨厌，人家减肥!”

我心中的怒火“腾”地就起来了。

我就不明白了，那些瘦子天天嚷嚷减肥喊得比我们胖子还带劲儿。明明瘦成杆儿了，还拼命冲你说“哎呀好胖啊”“天哪胖成球了”“脸又大一圈没法见人啦”……

你们家的球都是竖条状的吗？

就你那巴掌脸“大了一圈”，是用显微镜看出来的吗？

这些虚伪的死瘦子，不就是想让别人说一句“你不胖”吗？

你要真说胖，她就要跳起来了。

邻桌女生看了我一眼，转头对男朋友笑起来：“咯咯咯，这么胖了还吃这么多。”

看着邻桌那小细胳膊小细腿的样儿，真想上去掐死她。

好好的心情被破坏了，我不甘心。商场里，夏装正在打折，我眼睛一亮，欢欢喜喜闯了进去。但这显然是一个愚蠢的决定。大汗淋漓地试完无数件，连试衣间都不用出，根本穿不了。就在这时，只听售货员在外面喊：“合适不合适？这已经是我们的最大号了！”

当场死的心都有了。

有没有很惨？

不过，在一个胖子饱经风霜的成长史里，这些都只是毛毛雨，胖子如果那么容易受刺激，就不是胖子了。

真正让我一屁股从椅子上跳起来的，是 K 君说他要来北京了。

K 君是我们公司南京分部的同事，虽然没见过面，但我们通过网络和电话联系了半年，他的声音磁性爆棚，总喊我“亲爱的”。

K 君是在暗示我什么吗？

我看过 K 君的照片，虽然不算标准帅哥，但也舒服干净，看样子有 1.8 米多呢……

事实上，我已经把 K 君当成了心上人，他也说打算来北京。万万没想到居然这么快，明年初就调来北京上班？

可我还是个身高 1.62 米、体重 145 斤的胖子啊！

我从没给 K 君看过我的照片，每次都找理由推托了。如果 K 君千里迢迢来到北京，看到他心里的美人其实是只熊猫，会当场疯掉吧？

是的，胖子只有死到临头才会想减肥。

为了避免和 K 君“见光死”，猫小姐我终于决心减肥了。我的计划是，用这半年的时间瘦到 95 斤，战斗吧猫小姐！

2015年7月16日　迈开腿，管住嘴

减肥最重要的就是六个字："迈开腿，管住嘴"。

晚上，跟着视频跳了30分钟瘦身操。真不明白为什么别人抬个腿那么轻松，轮到我简直生不如死。正拼命给自己喊"干巴爹"（加油），有人敲门。

我吓了一跳，搬家不到一周，淘宝还没来得及买，外卖也没点，难不成是房东？

但是，打开门我惊呆了，居然是一位货真价实的帅哥。我在愣了两秒之后，直接说了句："进来说吧！"

对方也愣住了，估计没想到一个女生会对陌生人这么热情。

没错，我不但是个死胖子，还是个死花痴，跟人说话全方位看脸，开门前一秒还在担心是不是骗子，这一刻恨不得他就是，还能跟我多聊会儿。

对方似乎愤愤而来，但很快平静下来。

"你减肥啊？小点儿声！"

说完他就径直下楼了，只听"砰"的一声关门声。

帅哥居然住在我楼下？

我的小心脏扑通扑通，觉得水逆终于过去了，桃花运也要出来了。刚搬家就遇到这么大一帅哥，简直能拯救我一个月的不开心。

那些房产中介总是说，房子多么大，附近有什么超市、公园，公交如何便利。在我看来，不如再写上一条，楼下住着单身帅哥……这种字眼显然更有吸引力嘛。

我在客厅激动地走来走去，想着怎样才能和他有进一步的接触。我可不是花心，K君是心上人，楼下帅哥是男神，性质跟胡歌一样一样的。既然“胡歌”都住楼下来了，我不抓紧机会花痴不就是白痴了吗？

我左思右想如何靠近男神，都被一个问题横在中间：我是个不受待见的死胖子。脑补一下自己和男神在一起的画面，分明就是高富帅前来慰问激素打过头的女病患。

不行。老子死也要做个死瘦子！

2015年8月19日　传说中的“心机胖”

楼下帅哥名叫许陈，单身，27岁，插画师，巨蟹座，B型血。

我窃取信息的办法简单粗暴：一而再，再而三地打扰人家。

“我最近在减肥，这些鱼、肉、火腿、罐头还有薯片、可乐实在不能吃，但丢掉又太可惜，你可不可以收下它们？”我可怜巴巴地眨着眼睛望着许陈。

“鱼肉不长胖。”许陈说。

“不行不行，我很有规划的，最近偏素，真的不能吃。”

许陈看了我一眼。

我觉得，那一眼无限深情。我急忙将一大包美味零食往帅哥面前高高举起。

“你不吃管我什么事儿？”

我愣住了。

“还有，你减肥能不能小点儿声，噼里啪啦的还以为家暴呢……”

许陈身上有种淡淡的忧郁，五官真是好看，可他对着我一脸冷漠，轻描淡写地讽刺了两句，然后“砰”的一声——居然关上了门？

我手里一哆嗦，鸡鸭鱼肉全部掉在了地上。

狗屁男神。

我猫小姐可是传说中的“心机胖”，虽然脂肪多了点儿，人缘从来一级棒。为了和许陈套近乎，我上午特意去超市买了大鱼大肉和垃圾食品，可他居然不领情？

长得帅了不起啊？等我瘦下来靓爆你！

为了减肥，我放弃坐地铁，改骑自行车，无论加班到几点，只要健身房没关门就冲进去飙汗。

但一个月下来,我才瘦了5斤。对我这种量级的胖子来说,5斤?也就相当于普通人掉了几根头发吧。

难怪前男友看到我的时候丝毫没有吃惊，而是直接说："我来拿照片。"

"我这儿没你的照片。"我堵在门口不让他进门。

"都分手了，你留着那些有意思吗，我女朋友一定要让我当面撕掉。"

"我早就撕了！"

尽管合照还在，但坚决不能给他。照片没扔不代表还有留恋，而是压根儿忘了这个茬儿。

正僵持不下，许陈上楼来了。

看着怒目而视的我俩,他忽然对我笑了一下:"小猫,饭做好了,快来吃。"

我愣住了。

前男友显然也愣住了。

"今天做的清蒸鱼,知道你减肥,特意做了清淡口。"许陈说着,走过来牵我的手。看到我和前任一脸傻愣，他自顾自地开口，"我是小猫的男朋友，你有什么事吗？饭快凉了。”

以前男友的脑洞，根本无法想象140斤的我是如何跟这样一位帅哥勾搭到一起的。直到我被帅哥牵手下了楼，“砰”的一声关上门，他估计还没回过神来。

回不过神来的还有我。

昨天献殷勤还碰了一鼻子灰，这会儿怎么对我这么好？

难道终于悔悟了？看着许陈那张迷人的脸，素来以厚脸皮著称的我忽然脸红了，轻声说：“谢谢啊。”

“不用谢。我不是帮你，是看你俩吵架烦。下次找男朋友，能不能别净挑着人渣往上靠？自从你搬过来，我就没清静过……”

说完，他自顾自地开始吃饭了。

嗯？什么玩意儿？

看我还傻愣着，许陈说：“你减肥，我就不留你吃饭了。”

我继续一脸懵懂。

“你不会真以为我喜欢你吧？搞笑，谁要和胖子谈恋爱。”

两句话瞬间把我打回了现实。我想什么呢？我最好还是相信铁树开花、母猪上树，也不该指望许陈能真的对我好。

胖子没前途。住在帅哥楼上的胖子尤其没前途。

2015年9月20日　夏天走了肉没走，腿没瘦胸先小了

去健身中心，教练居然不肯收我，说我肌肉太结实，他看不到希望……

真是呵呵了。

为了不让K君失望,我决定自我拯救,开启了魔鬼训练法。从此，杂志只看美容瘦身专栏，网络搜索关键词永远是“快速减肥”“闪电瘦身”……每天坚持喝黑咖，跳绳别人跳 100 个我就跳 1000 个，还买了左旋肉碱，开会的时候脚在会议桌底下悄悄抬上来又放下去，回家煮饭的空闲里不忘做几个后踢腿，看到哪个明星用什么办法瘦了一大圈立马试一下，睡觉都穿瘦腿睡眠袜。

我的 24 小时只有一个主题：瘦。

许陈挺在乎我的，隔三岔五来敲门。

“我脑袋都快炸了，姐姐，你减个肥至于跟自杀似的搞得地动山摇吗？”

“走火入魔了吧，这么下去小心小命不保。”

“下次我直接投诉扰民了啊？！”

…………

真是个自私自利的家伙。要不是猫小姐我一世花痴，简直想拿铁锅敲死他。

瘦子怎么可能理解胖子的忧伤呢？也不知道许陈是不是故意的，每天都把饭做得老香，窗户开得老大。我愤愤地关上窗户静心修炼，不瘦到两位数绝不罢休。

事实证明，运动基本不管用，饿才是瘦身的终极武器。我早餐一根香蕉，中午遵循少油少盐：苹果片两片、圣女果一个，外加水煮鸡胸肉。

光饿也不够，听说有模特吃完饭还会抠出来吐掉，我也能下得去手。我把网上流行的减肥语录打印下来贴到墙上，每天看三遍：

要么瘦，要么死！

胖子没资格吃，这么肥还有脸吃！

你天生就该当肥猪吗？

女人不对自己狠心，男人就会对女人狠心。

如果连体重都控制不了，何以掌控自己的人生！

…………

朋友圈有人说：那些还在减肥的人，我家乡的农民说了："减个屁的肥，来农村我包给你二亩地，种上三个月，包你减肥二十斤！"

我差点儿就去种地了……

终于，我的瘦能够看出来一点儿了。发了自拍嘚瑟，结果收到的留言居然都是：你的胸呢？

心头一万只乌鸦飘过。难道这就是传说中的减肥先减胸？我不管，我要瘦，我就喜欢时尚杂志里的纸片人模特，就算没胸穿衣也好看。

可是，我虐身体千百遍，它并没有待我如初恋，而是狠狠报复了我。

首先是大姨妈快两个月没来了，然后我得了厌食症，一想到吃东西就发愁，已经变成了每日一餐，且全部无油过水。

胃痛、胀气、脱发、皮肤过敏、脸上冒痘、排便困难，有时候莫名其妙地想哭……最难挨的时候，我总在心里默念：为了K君，再坚持一下。

可我还是没能扛住，一头栽倒在地上……

许陈发现的时候已经过了好一会儿了。

他把我急急忙忙送到医院，路上叹了口气：“早就说这么瞎搞会出问题了，不听老人言……”

我都半死不活了还要讽刺我，真想起身给他一拳头。

可是我意识模糊地躺在那儿，一动不能动，恍恍惚惚地觉得，见鬼了，许陈这么坏，我怎么就讨厌不起来他呢？

我在心里轻轻叹了口气。花痴鬼，什么时候才能有点儿深度呢？

K 君肯定不会像我以貌取人吧。

虽然我明白，这年头男人看女人都是一眼定乾坤。你横向体形，就只能横向发展，做两条永远的平行线。

但我仍然告诉自己，K 君和别人不一样。

“这样减肥会死人的，白痴。”

“不减肥我就永远是个胖子，K 君就不会要我……”

“他不要你，我要你……”

我一愣。

“骗你的。傻瓜才要胖子。”许陈笑了起来。

他的良心是让狗吃了吗？

2015年10月28日　这就是胖的代价

我在网上问 K 君，喜欢什么样的女孩？

“明知故问，肯定是你这种啦。可爱美丽又有共同话题。”

“你怎么知道我美丽呢？”

“我是最懂你的 K 君耶！”

“万一我是个胖子呢？”

“天哪，你怎么会是那种路上看见就烦的胖妹啊？你是亲爱的小猫猫啊。”

…………

有时候我觉得K君太温柔了一点儿，说白了就是酸。但“女汉子”做久了，慢慢也觉得，能够有人夸赞你、对你温柔也是极好的吧。

哪个姑娘不希望被人宝贝呢？胖子就没有权利被呵护了吗？

所以每次稍微觉得 K 君有点儿假时，我就在心里说：可能传说中的暖男就是这样吧。

但我还是挺失落的，第二天没和 K 君说话。他打的电话没接，网络留言没回，直到他说有工作的事情，我才说一直在开会。

是的，我难过了。我心心念念的 K 君居然说“那种路上看见就烦的胖妹”？挂了电话，我第一次无比沮丧。K 君，究竟是不是我想象的那种人呢？

不敢往下想。为了他辛辛苦苦减肥，或许什么都换不来。

许陈总喜欢把自己的快乐建立在我的痛苦之上。看到我跟死了半截似的，他急忙补刀：“开窍了吧，K 君是不会喜欢你这一款的。”

“那他喜欢哪一款？”

“前凸后翘 S 款。”

“你属于 O 款，基本就是个球。”许陈补充。

“我已经减到 120 多斤了，顶多水桶 H 款好嘛！”

“管他 S 款还是 H 款，总而言之，你不是流行款。”许陈喝了一口咖啡，幽幽道。

真想在咖啡里放上传说中的鹤顶红毒死他！

2015年11月30日　瘦得又美又正

“笨蛋，不与身体为敌，才能瘦得又美又正。”

许陈一本正经地教我。

我差点儿一口水喷出来。哈哈哈，他还懂这些呢。

不知是不是可怜我，大病一场之后，许陈对我居然没那么凶了。

虽然，他还是动不动就嫌弃我吵，而且有一次竟真的投诉我扰民……

但我也想明白了，像他这种级别的帅哥，脾气差点儿才像个人类。

“你这么帅为什么不谈恋爱？”我忍不住问。

他一愣，笑着说了句：“管你屁事儿。”转身去了厨房。

看着他的迷之笑容，我忽然一哆嗦：难道他喜欢的不是女生？

阿弥陀佛，但愿我想多了……

许陈把饭端上来了。天哪，居然有肉，还有甜品？

“你想害死我吗？”

“那你就别吃，饿死自己，我勉强可以为你收个尸。”

我颓丧地低下了头。

最近的减肥经历简直是一部“血泪史”。每天都跟体重机在较劲儿，一天量好几次，出差也要在行李箱里塞个体重秤。只要看着数字减少就开心，增加 0.5 甚至没变化就会负能量满满，狰狞的脸上仿佛写着三个字“别惹我”。

“饥饿更容易产生脂肪，知不知道？”

“不知道。”我面无表情地答，坚决不能被这个死瘦子破坏减肥大计。

见我不肯动筷，许陈把餐桌上食物的卡路里一一报给我。我吓了一跳，许陈是机器人吗，扫一眼就知道含有多少热量？

“正在开辟第二职业——营养师。”他笑道。

虽然不相信，但我还是把饭乖乖地吃了下去，因为看着他那张俊朗的脸，竟忽然觉得好饿。

许陈带我去了一家营养瘦身中心，工作人员一见到他，纷纷笑着打招呼。

“你是老板吗，一个个都对你这么热情？”

“是老板也不给你免单。”许陈拍了下我的脑袋。

居然挺受用的。

工作人员将我的身高、体重、体脂率挨个儿测量一遍，又来纠正观念：“不要以为你是身体的主人，身体才是你的主人。吃得对、吃得够最重要——”

“可是瘦更重要呀！”我嘀咕。

“白痴，瘦不下来我对你负责。”许陈插话。

我的心扑通一声。那干脆瘦不下来好了……

许陈没收了我的体重秤，一周五天为我制定了科学瘦身餐，还逼着我每天喝掉 2000 毫升水。

我的生活终于从地狱回到了有肉、蔬菜、淀粉的人间。而且，大半个月下来，我不但没胖，反而瘦了下来！

心情好得不要不要的，觉得许陈魅力爆表，偏见一扫而光，看见他就想“调戏一下”。

而我的 K 君，相较之下似乎只会夸赞我。无论我的生活还是工作出现状况，他一定会说：“我相信你一定没问题的！”

是哦。他永远都相信我。

却从不帮我。

心里有了稍稍的不平衡。我暗骂自己，赶紧打消这鬼念头。不能因为许陈太完美就对 K 君高标准、严要求，你可是个胖子啊！

虽然，现在的我衣服尺码全部小了一号，老同学撞见会吓一跳。可每次跟许陈走在路上都会引来怪异的目光。“真不般配。”“那女的一定很有钱……”

呵呵。老子要是真有钱，真想包养一个许陈玩。

离目标还有 20 多斤，K 君忽然说要来过圣诞节。

不知是不是因为最近我和他聊天越来越少，又总会不小心提到“楼下的帅哥”，K 君有所警醒似的，决定圣诞节就来看我。

可我现在还是 118 斤呀！

我急得坐立不安，许陈拿了一张照片给我。天哪，照片上那个美女……是我？

许陈偷拍了我，选了个讨巧的角度，居然挺好看的。

“还有半个月，你可以再瘦 5 斤，他只要眼不瞎就会喜欢你。”

咦，没想到许陈这种大尾巴狼也有说人话的时候。

2015年12月25日　圣诞夜惊魂

“喂，你在哪里？”

下午在北京南站接K君，却反反复复找不见他，我只好站到一个巨显眼的地方等他过来找我。

我的K君，体贴又温暖的K君就要出现了。我的心扑通扑通，忽然有点儿紧张。

“小猫？”一个声音传来。是K君！

我急忙欢喜地转过头，却愣住了。

对面，一个油头粉面的大胖子在打量着我。

“你就是小猫吧，你好像有点儿胖哦。”他说。

“你，你——”

“我是K君啊！”大胖子笑着说。

我眨了眨眼睛，心里有千军万马在咆哮。什么，你是K君？说好的1.8米呢，说好的舒服顺眼呢？为什么站在我面前的是个最多1.68米、至少170斤的胖子啊！

“你……你和……照片里……不太一样……”我吓结巴了。

“那是PS的啦。稍微修饰一下而已啦。”K君边说边来牵我的手。

是的，听到那酸酸的腔调，我终于确认了他是K君。本来K君的声音在电话里是温柔的，配上他的样子莫名就十分违和。

而且，真是给他的PS技术跪了啊。老子可是外貌协会终身会员啊！

带着K君去找酒店，选了个标间。对方问：“一个人两个人？”

“两个。”“一个。”

前台接待员愣住了。

“小猫,你不陪我吗？今天是圣诞夜耶。”K君深情款款地看着我。

我忽然有点儿不适应，坚定回答：“我晚上要回家呀。”

他愣了一下，脸上有怒气一闪而过，很快又冷静下来。

“可上去聊会儿天也要登记的呀。”

“是吗？”

工作人员点点头，我只好登了记跟他上去。

一进门，K君就将门反锁上。

“小猫，我好想你哦。”

K君向我走过来，我本能地往后退，最后退到床边，一个冷战。

K君笑了笑：“小猫，你有点儿胖，但还是蛮可爱的。”

靠，究竟谁胖！这话如果是玉树临风的许陈说就罢了，可K

君你明明能塞下两个我好吗?

K君把外套脱了下来，一屁股坐在我旁边。我手足无措，摸到遥控器慌乱地打开电视。

“对哦，你想看什么?”K君去抓遥控器，手却握在我的手上。K君抓着我的手切换频道，他油腻腻的身体里散发出一阵怪味，我一个恶心，挪了挪位置。

他又靠了过来:“小猫，你的衣服真好看。”K君摸着我的衣服，手却慢慢滑动到我的胸部。

…………

“你他妈有病吧!”我终于忍无可忍，一把将他推开，跑出门去。

跑了两步又有点儿不甘心，看到包里还放着为K君买的饮料，我跑回房间，一个饮料瓶扔到他脸上……

“妈呀，死疯子!”“又胖又蠢的变态!”“肥婆一辈子嫁不出去!”K君在耳后骂骂咧咧地咆哮。

我的脸上满是泪痕，急速走在河边。

还以为遇到了对的人，原来自己根本就是个笑话……

是啊，怎么会有帅哥喜欢我这样的胖子呢?

踉踉跄跄地回到家，“砰”的一声摔上门。

很快传来了敲门声:“小猫，又抽什么风呢?”

是许陈。

我擦干眼泪去开门，但还是被他发现了。

“他不好？”

我不说话。许陈猜了个大概。

“嗨，多正常啊，你以为男人都像我啊。”

什么时候了还说风凉话，照你的标准，我永远都找不到男朋友。我在心里难过地想。

“这不还没开始吗，早了断早庆幸。”

许陈轻笑起来那么俊逸，可这么优秀的男人永远都与我无缘。终于忍不住这些天来积压的情绪，我放声大哭起来。

许陈在一旁静静站着，不时递来一片纸巾。以他对人爱答不理的冷淡个性，能递个纸巾我真该烧高香了。

真奇怪，哭完了好像就觉得没什么了。

两小时前还感觉心死了完全不能承受，可这会儿又觉得，靠，屁大点事儿！

2016年1月1日　小别离

K君在公司说我的坏话，难听至极，公司里流言纷纷，我干脆辞了职。

许陈生怕我出事儿，一天来看我好几遍。

我说，不想减肥了。

许陈看着我，不说话。

“干吗？”

“不减肥完全没问题。但是，你减肥或者不减肥，最好是为了自己，而不是因为别人。”

我愣了一下。

“还有几天就是元旦了,今年坚持完。明年的事情明年再决定。”

我点点头。

2015 年的最后一天，我和许陈一起度过。他备了一点儿酒，做了一桌子美味，还为我拍了照片留念。

原来 110 斤的我是这个样子的。看着照片，我忽然对这段抓狂的减肥岁月释怀了。我曾经付出的每一滴汗水，都真真实实回报给了我。

吃完饭，我抢着去刷了碗，和许陈看了会儿电视，又下了会儿象棋，有一刻感觉像一对小夫妻。

“你的脸怎么红了？”许陈说。

“啊，喝酒喝的……”

“新年了，有什么愿望吗？”

“当然是变成两位数的瘦子！你呢？”

“我想和你在一起。”

…………

我看着许陈，许陈也看着我。

我在等着他习惯性地说一句：“骗你的。”

但他什么都没有再说。

这不科学。

“你又挖了什么坑陷害我呢？”

许陈笑了笑，拿出一张照片给我。

照片上是一个胖男孩。

我说：“怎么了？”

他指指自己。

我仔细看了看照片，不敢相信自己的眼睛，照片上的胖子居然是许陈？

我有个困惑千年的问题一直没明白，为什么这世上的胖子减肥成功之后连气质和衣品都变好了呢？

“天哪，这得是什么动力才能让你重生一回，不会是爱情的力量吧？”

许陈竟然点了点头。

许陈说，在他还是个 185 斤的大胖子的时候，喜欢过一个姑娘。

姑娘看了他一眼，随口说："你瘦 50 斤，我就跟你好。"

傻子应该也能听出来是拒绝吧。

许陈从女孩面前消失了，再出现时，已是两年后。

许陈变成了 135 斤的帅哥。

姑娘看见他眼睛一亮，但没想起来他是谁。

许陈刚想告诉她，忽然有个虎背熊腰的男人在后面喊："老婆！"

许陈愣了愣，才发现姑娘的无名指上戴着戒指。

半晌，许陈说："对不起，认错人了。"匆匆忙忙就跑了。

许陈在家里宅了整整一个星期，不怎么吃饭，也不想说话。

更严重的是，他从此似乎不会喜欢人了。

追她的女孩前赴后继，许陈全部无动于衷，没有谈恋爱的欲望，甚至没有接触的想法。有女生给他取绰号"柳下惠"，再后来就有人猜测他是同性恋。

"直到遇见了你。"许陈说。

当然，许陈并没有对猫小姐我这个大胖子一见钟情。

那天我在楼上又蹦又跳，他本来打算投诉扰民的，结果一开门，看到一个胖胖的姑娘正在大汗淋漓地减肥。

开门前一分钟，他在门外听到我大声地骂自己，骂完了又哭着喊加油。

那一刻，他感觉像是回到了许多年前，他对生活充满幻想的时候。

许陈从来没和人提过自己是怎样瘦下来的，那50斤究竟花了多少力气，他根本不想提起那些过去。

他的生活一度消极、淡漠，可他第一次见到我就想起了从前。

起初他非常讨厌那种感觉，他深知拼命减肥也未必能让另一个人爱上你。所以他不断地打击我，希望我放弃。

而我不但没有放弃，反而更加努力。

看着我沉浸在为目标而奋斗的兴奋中，他忽然对自己的过去释然了。

他甚至突然好奇，想看看我究竟能不能瘦下来。

“就是感觉，忽然从地狱回到了人间。”他说。

有一次和我走在街头，碰到两个他从前合作过插画的女同事。

他从来不和女生逛街，所以那两个同事当时惊呆了。他假装没看到，若无其事地和我走过去，然后听到她俩说：“怪不得许陈突然开朗了，原来恋爱了。”“什么口味啊，戳瞎我眼……”

那个时候他才意识到，原来自己开朗起来了。

“其实，是抑郁症。”许陈说。

他后来才知道，自己之前得了抑郁症，睡不着觉，一天睡两个小时也很精神，每天除了画画不知道干什么，偶尔翻翻艺术史，对什么都没兴趣，懒得跟人说话。

因为工作性质比较宅，他一度对生活绝望，觉得自己走不出来了。

就在最悲观的时候，我蹦蹦跳跳地闯入了他的生活。

他看着拼命减肥的我，仿佛看到了当年对生活充满动力的自己。

我总是傻乎乎的一脸花痴，总是夸他会做饭，其实他自己根本尝不出什么味道。

我一天天瘦下去，他的性格一天天开朗起来。

看到前男友欺负我，他忍不住想替我解围。

看到我昏倒，他止不住叹息，因为当年，他也曾差点儿搭上性命。

看到我见K君回来失魂落魄，他嘴上不说，却生怕我和他一样受刺激。所以他一天来找我好几遍，逗我笑，夸我好看……

“最重要的是，我喜欢和你在一起。”许陈说。

“你愿意和我在一起吗？”许陈问。

“不愿意。”

这句话，我想了很久才说出来。

许陈显然愣住了："为什么？"

"你给我些时间……"

我告诉许陈，刚刚面试了一份工作，要去成都培训三个月，回来之后就告诉他真正的答案。

许陈虽然有些意外，但还是点了点头。

我和许陈在2015年的末尾吃了最后一顿饭，说了再见，开始了一场小别离。

2016年4月1日　万"瘦"无疆

在成都的日子过得飞快，我积极参加培训，结识了新的朋友，再没有联系许陈。

三个月一晃而过。

回到北京当晚，闺密要给我接风，硬把我拉到了酒吧。

酒吧里，一个男子朝我走来："美女，可以请你喝一杯吗？"

我笑笑，跟他喝了一杯酒。

男子离开时，闺密说："我的天，小猫，那不是你前男友吗？

他居然没认出你来！”

我莞尔。

“也对。要不是你三天两头给我发自拍，鬼才能认出你来。以前你就是一坨行走的肥肉，现在肤白貌美大长腿……”

是的，我终于变成了个瘦子。

前男友分手前说得没错，他说我的五官挺好的，应该去减肥。后知后觉的我瘦到了95斤才明白，原来我的五官真的挺好看的。

“我就不明白了，为什么这世上的胖子减肥成功之后连气质和衣品都变好了呢？”

闺密看着我，愤愤不平道。

回到家，我提着行李，本来想上楼先放下的，可是我的心扑通扑通，一秒钟都不想等，径直去敲了许陈的门。

是的，我怎么会不愿意和他在一起呢？

我辛辛苦苦甩掉的卡路里可以做证：自始至终，许陈都是我的男神啊。

可是，我不愿意男神和一个胖子在一起；我不愿意一起走在街上总被人议论“真不般配”；我不愿意牵起他的手的时候，心里会生出小小的自卑……

所以，我用离开北京的这三个月，终于告别了体重三位数的世界。带着 95 斤的自己，重新站到了他的面前。

许陈打开门，愣住了。

半晌，他终于笑了起来。

“这位美女，你找谁？”

“我找我男朋友。”

我大声说完，扔下行李，飞扑进他的怀抱。

Chapter 7 好久不见，亲爱的你

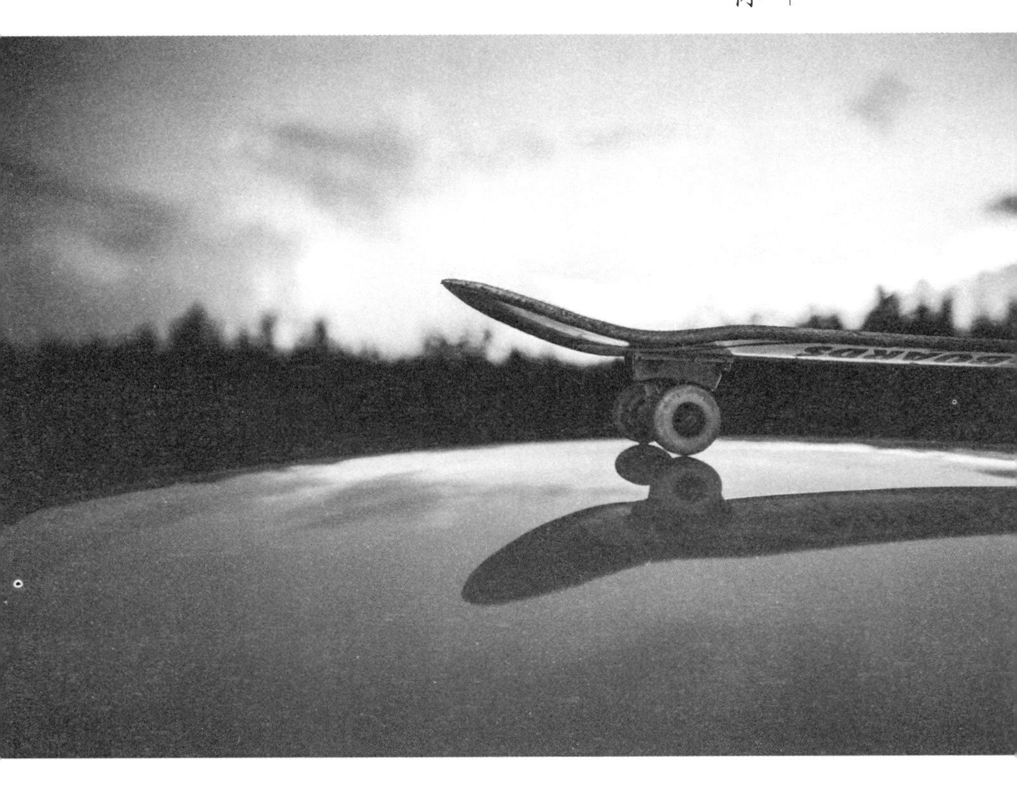

01

初夏睁开眼睛。

四周陌生而熟悉，自己浑身湿透，躺在一棵大树下。

初夏不明白，自己不是自杀了吗，是谁救了自己？这明明是自杀的那条河，为什么周围的建筑却不一样？

初夏走到路边，一辆出租车忽然停在面前。

“去市里吧？这里难打车，顺路捎你一程。”司机师傅笑着说。

换作以前，初夏肯定会有所怀疑，但自己一个刚刚死里逃生的人怕什么呢。

初夏刚上车，就打了个喷嚏。

“着凉了吧，这鬼天气，和人生一样。人们老以为碰上了天大的事儿，其实就是场小感冒……”司机轻描淡写。

初夏想，自己此刻的人生如果用感冒来讲未免太轻巧了，是高烧不退、病入膏肓才对。

过几天，或许还会去自杀吧。下次，要找个不会被人救起来的办法。

司机打开收音机，扭了半天频道才出现个正常的声音："今天是2006年6月21日，星期三，现在的路况信息是……"

初夏忽然愣住了：2006年？这是节目的恶作剧吗？

没等想清楚，司机猛地停下了车。

"到了。"

初夏又是一愣。

"这是哪儿？"

"不认识啦？"

似乎很熟悉……初夏努力回忆着。直到看到H大学的校门她才反应过来，居然回到了读书的地方。

可是，学校明明改建过了，不久前大学校友聚会完全不是现在的样子，为什么此刻和读书时一模一样？

"既然回来了，总要做点儿事情再离开。"

司机说完，拍拍初夏的肩膀走了。初夏吓了一跳，她明明记得上车时司机是个40岁左右的中年人，此刻离去的却是个不到30岁的年轻人？

初夏被这突如其来的一切搞蒙了。她想，或许是跳河自杀的后遗症，出现了幻觉。但眼前的校园是真的，没错，就是读书时的样子，对面的理发店传出王力宏的老歌《吻别》（*Kiss Goodbye*），初夏忽然有点儿想哭。

初夏记得，那时候自己读大三，刚刚失恋，每次出校门买饭路过这家理发店，就传出来一些情歌，有很多是失恋歌。初夏一边走一边哭，心里恨透了这家店。

不知不觉，初夏走到了学校对面的报亭前，报亭老板还是那个皮肤黝黑的小个子大叔。初夏曾经每周都来这里买报纸，大叔甚至和她成了朋友。

初夏想打个招呼，可大叔似乎并不认识她。

“要什么杂志？”大叔客气地问。

初夏有点儿尴尬，随手拿了一份报纸，最上面一行小字映入眼帘：2006 年 6 月 21 日……

居然真的回到了 10 年前？

02

一个星期前。

初夏穿着睡衣，面无表情地将行李打包。箱子里掉出来一个日记本，初夏捡起来随手翻了一下，上面写着：我要在 30 岁的时候自杀，那么老可怎么活呢？

那是自己 16 岁时写的日记。

年少的时候，总以为日升日落，叶子黄了又绿，岁月永远漫长，30 岁永远不会到来。

然而初夏今年已经 30 岁了。30 岁的初夏谈过三场恋爱，结了个婚，长出了小肚腩，拥有无数高跟鞋，每天出门都要涂口红。

但这些并不重要，重要的是，她要和老田离婚了。

老田是初夏的老公，本名田萌。刚谈恋爱那会儿，初夏觉得一个大男人叫“萌”特别不爷们儿，非要喊他老田。老田老田的，一喊就是 10 年。

但他们中间，一直有个“第三人”。

不，不是第三者。她不是老田的婚外情，而是早年的梦中情人。老田比初夏大四岁，初夏在自己 20 岁、老田 24 岁那年认识他、恋爱、结婚……

但在初夏和老田刚恋爱的时候，两人曾一度因为误会而冷战。就在那段时间，初夏亲眼看到老田和另一个女人在一起，尽管后来老田解释、道歉，说他只爱初夏一个人，但初夏是不会忘记那一幕的：一个性感妖娆的女人穿着红艳艳的裙子扑倒在老田身上，老田仿佛呆住了一样……

那时候初夏才明白，女人果然要有女人味儿才更有魅力。30 多岁的男人或许会喜欢 20 岁的纯真少女，但一个 20 岁的愣头青最抵抗不住的其实是熟女的诱惑啊。

虽然那个女人很快消失了，但老田肯定没忘记她，这一点初夏最近越发觉出来了。

对老田而言，那个成熟的女人应该就是念念不忘的“红玫瑰”吧，而自己这个“白玫瑰”，也只能如张爱玲所说，时间长了，就如沾在衣襟上的白米饭……

尽管之前初夏也交往过男朋友，但自从认识了老田，初夏就把前任抛诸脑后，连模样都记不清了。但老田不一样，这两年看自己的眼神越来越古怪。而真正的变化，是从去年自己做了发型开始的。

她去年烫了个头发。

回家的时候，老田跟不认识她似的，盯着瞅了老半天，说：“你好像一个人。”

还能像谁？不就是他的熟女情人“红玫瑰”嘛！初夏很早就问过那个女人长什么样，老田盯了她半天，说，和你差不多，比你瘦一点儿，烫头发，高跟鞋，涂口红。

那时候，初夏还是即将毕业的大学生，每天一身休闲的打扮，清汤挂面，素面朝天，为了减肥每天绕着操场跑三圈。高跟鞋和口红，她根本不稀罕。

可女人过了 25 岁，莫名就对这些有了兴致。

或许是越来越性感的初夏唤醒了老田对旧情人的回忆，初夏总觉得，老田看着自己想到的是另外一个人。

事实上，当年老田一句“和你差不多”就在初夏心中埋下了嫉妒的种子。婚后她甚至一度怀疑，老田是不是真的爱她，还是因为自己和“红玫瑰”长得像?

很快，初夏就打消了这些念头。老田对自己很好，几乎可以用宠溺来形容。而且，初夏爱老田，爱到哪怕自己是别人的替代品，她也想就这样一辈子过下去了。爱人嘛，谁抓在手里算谁的。

但最近老田越来越过分了，上个星期，初夏买了条黑色连衣裙。本来这很平常，但老田见到她的第一眼，居然直接说了句：小西?

小西是他对“红玫瑰”的称呼。

终于，这两年的隐忍、猜疑、嫉妒都在这一刻爆发，初夏再也受不了了，决定离婚。

老田一脸震惊，慌忙道歉说，初夏你相信我，我只爱你一个人……然而一切于事无补。尽管年少时曾有个怪姐姐告诉自己千万不要离婚，但她怎么可以容忍丈夫的二心呢?

老田一路紧追初夏，他眼看着初夏冲向离婚登记处，眼看着一辆汽车迅速地朝她驶来……

终于，在车即将撞到初夏的那一瞬，老田将她狠狠地推了出去。

2016 年的 6 月，老田在初夏的面前倒了下去，再也没有醒来。

他走得那么突然，甚至一分钟前，初夏还在想着一定要和他离婚。

然后，老田就为自己死了。

初夏疯了一样大喊着老田的名字，懊悔不已。

然而一切都晚了，医院里，老田再也没有醒过来。初夏记得，刚倒在地上时，老田张着嘴，似乎努力想说句什么，可初夏根本听不清。

她恨自己。

连续几个晚上，初夏总是失眠，一闭眼就仿佛看到老田在面前径直倒下去的样子。

她不吃饭，也不睡觉，每天就想着该怎么自杀。

初夏把家里的东西收拾了一遍：老田第一次出国给她带回来的俄罗斯套娃，去年发奖金为她买的电脑，生日时老田亲手为她做的陶泥对杯……初夏有点儿喘不过气来，干脆坐在地上。

她这会儿才想起来，两个人曾经有那么多约定没来得及完成，就在出事两天前，老田还说，夏夏，我们多久没一起看场电影啦?

是自己害死了老田。初夏想。

大约过了半小时，初夏平静起身，擦干眼泪，戴上前几天老田送的她当时甚至没仔细看一眼的手链，去了河边。

河边没什么人，她微微一笑，跳了进去。

或许这样，就能见到老田了。初夏想。

03

自己不但没有死，反而回到了10年前？

初夏几乎不能相信自己的眼睛。

很快，她脑海里闪过一个念头：10年前，老田还在这座城市里。他还没有死！

初夏忽然又有了生活的动力，她要去找老田。初夏记得，10年前的这个时候，老田就快要认识自己了。那时候老田刚刚失业，不停地面试，遇到了一个叫小西的女人……

不知道现在的老田是不是已经和小西相遇了？

初夏正胡思乱想，扭头却吓了一跳。因为她看到10年前的自己，从学校里哭丧着个脸走了出来。

20岁的自己，刚刚失恋，每天都在出来买饭时一路走一路哭。初夏远远地看着稚嫩、无助的自己，恨不得冲上去抱抱她，但她不敢，只好偷偷跟着走了一段路。

20岁的自己想买盒冰激凌，买完饭却发现钱不够了……初夏几乎没有犹豫地上前说，老板，来两盒冰激凌……初夏拿了一盒，说了句“剩下的一盒给她”，转身就走了。

但是很快，初夏停住了脚步。

因为，24岁的老田，正抱着一个大盒子低着头走了过来。走近了，才看出他似乎在抽泣……

初夏忽然想笑，老田居然哭得像个孩子呢。可望着眼前的翩翩少年，和10年后相比似乎没有太多变化，初夏忽然难过得不行，她多么希望老田不会死啊！

初夏泪流满面，在老田经过时忍不住轻轻叫了声：老田。

老田愣住了。

他不确定初夏是不是在叫自己。眼前的初夏成熟美丽，一条黑色连衣裙，满脸泪痕地望着自己。两个哭红了眼的人就那么对视了一会儿，初夏硬着头皮化解尴尬："既然都哭了，要不要一起喝一杯？"

这句开场白确实蛮蠢的，但老田想了两秒钟，居然点了点头。

路上，老田忽然问初夏："你刚才是不是喊了声……老田？"

"哦，老田是我一个故交的名字。刚才看你和他有些像，忍不住喊了出来，真是抱歉。"初夏胡乱编了个理由。

"其实我也姓田。"

"那真是太巧了！"初夏假意惊诧。

"老田还好吗？"

初夏一愣，怅然若失：“不是太好。”

老田没有继续追问，转移了话题：“你的手链很漂亮。”

初夏淡淡一笑，果然你的眼光还是老样子。

老田的第一家公司离学校很近，初夏记得，这会儿他刚刚被公司开除，迷茫得看不到前面的路。

初夏瞅了瞅老田手里捧的大盒子，笑道：“工作不好干吧？”

老田尴尬地点点头。

“别担心，没准儿你很快就能找到更好的工作。”

老田也笑，却不知道初夏说的是真的。

初夏记得，老田后来应聘到一家向往已久的大企业，但他是作为最后一名被招进去的。后来老田曾经絮叨了好几回，面试的人事主管是个奇葩，特别喜欢招处女座员工。老田明明是处女座，但主考官问的时候他撒了个谎，说自己是狮子座。本以为大家都黑“处女座”，没想到有人还有这恶趣味。

初夏假装随口说：“我认识好多人事主管，招人就喜欢处女座，觉得他们有完美主义倾向……”

“是吗？我刚好就是处女座啊，差一天就是狮子座了……”老田欣喜道。

两个人一同笑了起来。

初夏和老田在学校附近溜达了会儿，觉得口干舌燥，就在路边买了个西瓜。初夏坚持买了两把小勺，她说：“用小勺才是西瓜的正确吃法。”

结婚后，初夏和老田总是这么干，一起拿小勺吃一个西瓜。24岁的老田看着初夏，觉得这个女人美丽又有趣。

临别，老田有点儿失落：“可惜，以后大概没机会再见面了吧？”

初夏笑了起来，怎么会呢，你以后见我的时间久着呢，我们会一起相爱10年……

04

初夏努力回忆往事，似乎没多久，老田就该遇到20岁的自己了。

她忽然想起那个怪司机的话：“既然回来了，总要做点儿事情再离开。”

初夏想，是我害死的老田，如果没和老田结婚，我就不会因为吃醋闹离婚，他也不会死。所以，如果想救老田，只要让当年的自己不和老田在一起就行了！

初夏想到这个主意，既欢喜，又忧伤。

20岁时，初夏和老田在学校篮球场相遇。老田和几个朋友打篮球，不小心一个球打到了坐在不远处听歌的初夏脸上，当场初夏就流鼻血了。老田为了道歉,买了一大包水果还有鲜花去看望她。

那是初夏第一次收到那么大一束鲜花，她看着眼前这个眉眼干净、神情紧张的大男孩，突然有一点儿心动。

老田从此以后每个周末都来学校打篮球，初夏就成了他最忠实的观众。没多久，两个人就顺理成章地恋爱、结婚……

不行，必须阻止20岁的自己去篮球场!

初夏偷偷尾随20岁的自己，她本想直接冲上去拦住她，可她做不到，因为戴着耳机的小初夏哭了。初夏想起来了，那时候自己神经兮兮的，明明失恋了还非要听什么失恋歌，一听就哭，伤春悲秋。换到现在，初夏都想送给当年的自己三个字:“大傻 × ！”

那个前任又丑又对自己不好，哭个屁呀!

但小初夏最终还是坐到了篮球场上。毕竟是自己，初夏没能狠下心。

不一会儿，老田和几个朋友就说说笑笑地过来了。

坚决不能让自己和老田认识。初夏想着，她紧紧地盯着老田，想要接住那个球。后来一想，傻了吗，有这接球的能耐，和20岁的自己换个位置不就行了吗?

初夏戴着墨镜，把小初夏挤到了一旁。虽然小初夏不明白这女人怎么这么蛮横无理，但很快她就乐了。小初夏眼睁睁地看着一个男生把球径直打到墨镜女人脸上，然后她的鼻血就流了下来……

小初夏幸灾乐祸了一会儿，也不哭了，听着失恋歌摇头晃脑地离开了。

靠，我居然是这么没人性的家伙！初夏看着 20 岁的自己离去的神情，愤愤地想。

老田手忙脚乱地过来道歉，发现居然是熟人，球也不打了，非要请吃饭赔罪，顺带感谢她——就在昨天，老田去面试了一家向往已久的大企业，人事主管随口问他的星座，当听说自己是处女座时，居然立马热情起来……要不是之前初夏说，老田肯定谎称狮子座了。

初夏看着稚嫩的老田，很想上去亲亲他、抱抱他。她实在忍得太辛苦，终于豁出去玩了出不小心扑倒在怀的老戏码，还动用“苦肉计”把自己的腿也弄伤了，让老田背自己。

趴在老田的背上，初夏觉得踏实满足，仿佛时光又回到了他们刚结婚的时候。每天晚上，两个人会一起用小勺吃一个西瓜。初夏甚至想，干脆就这样一直下去好了……

初夏想起那些和老田没来得及实现的约定，突然想和 24 岁的老田去一一实现。

接连几天，初夏都和老田腻歪在一起，喝咖啡、看电影、打球、逛街，一起为老田准备面试服装，在晚上吃一个西瓜。初夏一度以为，她和老田重新相爱了。直到老田有一天忽然说：我喜欢上了一个女孩，叫陶初夏。

初夏愣住了。一开始，她以为老田认出了自己，后来马上意识到不可能，她从未告诉过老田自己的名字。

那么真相只有一个——老田居然不知什么时候认识了20岁的自己？！

命中注定的机遇果然难以拆散，初夏愤愤地想。

"你是怎么认识她的？"

"就是打篮球误伤你那天，我和你吃完饭回家，在路边看到只流浪猫，刚想过去喂猫粮，没想到有个女孩也从包里掏出猫粮喂它。你说巧不巧，居然有人跟我一样随身带猫粮！"

"可这几天你不都和我在一起吗？"

"是啊，但我每晚回家都碰上她。她好可爱，你说，怎么表白才不会被拒绝呢？"

"不行，你坚决不能喜欢她！"初夏冰冷地回答。

05

“为什么？！”

老田，应该说是24岁的田萌，十分不解地望着初夏。

初夏一时语塞，被气糊涂了，直接答：“因为我喜欢你！”

老田傻眼了。他用一种疑惑的眼神望着初夏，看到初夏有些生气了，才说：“可是，我一直把你当姐姐呀。”

“可我没把你当弟弟！”

老田为难了。半晌，他说：“让你误会了很抱歉，但我喜欢的是陶初夏。”

老田居然甩下初夏就走了。

初夏气得原地跺脚，不行，必须阻止这两个人在一起。

她偷偷跟踪老田，果然，两个人又要在公园流浪猫出没的地方见面。

20岁的陶初夏见到老田很开心的样子，老田却有些局促不安，手里攥着个东西，不知什么时候拿出来合适。

初夏知道，那是一条手链。初夏从小不爱饰品，唯独钟情手链。

老田表白时送的礼物就是一款手链。两人恋爱甚至婚后，他也会不时地买手链送给自己。

初夏看着自己戴的手链，心仿佛被扎了一下。这是老田死前三天买给自己的，他说公司楼下新开了家商场，午饭时看到这款手链觉得自己戴会好看。

老田当时希望初夏戴一下的，但初夏却转身收了起来，直到老田去世都没有戴。

初夏突然有些恨自己。

24岁的老田已经把手链拿了出来，神情紧张地向20岁的自己表白。初夏很想上前把他们拽开，可她做不到，10年前的老田那么真诚、那么手足无措，10年前的自己站在对面满脸通红，心花怒放。

自己是老田的初恋，那么美好的时刻，初夏实在狠不下心去破坏它。即使日后婚姻亮起了红灯，可看着眼前的二人，初夏无法不相信，此时此刻，他们真心喜欢着彼此。

最终，两个人手牵手走远了。他们一路说说笑笑，夜色下，连背影都那么欢快。

“田萌？一个大男人叫这个名字也太不爷们儿了，以后我就叫你老田吧！哈哈……”20岁的初夏大笑着说。

田萌一愣，他忽然想起不久前，那个陌生女人泪流满面地叫他：

老田。

“好不好呀，老田？！”小初夏拽着田萌的胳膊，撒娇道。

田萌忙点点头：“好，好，你喜欢老田我就是老田……”

06

但初夏是不会放弃的。

她想起来，两个人的第一次矛盾，是恋爱后不久，有次约会老田没出现。没来就罢了，老田偏偏说是公司加班，朋友却说老田跟个美女在一起。

初夏于是不停地去找老田，希望能够破坏他们的约会。果然，在初夏的软磨硬泡之下，老田无奈爽约了，但他又不敢对小初夏说实话，只好找借口说是加班。

为了让老田放弃20岁的自己，初夏打算来一出美人计。

她去买了一条美艳的长裙，认真化了妆，窈窕婀娜地来见老田。果然，老田对自己不是没反应的，在楼道见到初夏的一刹那，老田眼睛一亮。

初夏的计谋是：先让老田爱上自己甩了小初夏，然后自己再甩了老田。初夏知道，以自己当年执拗的性格，是不可能跟老田复合的。

一切进行得很顺利，初夏用尽心思勾引着老田。相处了10年，她太了解老田了，甚至说话的语气、声音、站立的姿势，一切尽在掌握中。初夏身子微微前倾，露出丰满的胸部，声音也越来越酥，眼看着老田陷入自己的温柔乡，初夏也越来越入戏，仿佛自己死去的丈夫又回来了，两个人欲火难耐，初夏忍不住扑了上去，疯狂亲吻着老田……

身后，传来东西落地的声响，似乎有人跑开。

初夏懒得理会，这一刻，她只想和许久没有亲热过的丈夫好好缠绵一会儿。

然而，老田猛地推开了初夏。老田惊慌失措地望着初夏，说："对不起。"

而身后，那个将盒饭掉到地上跑开的姑娘，正是20岁的陶初夏。

初夏本该高兴，她的目的达到了。可看着20岁的自己哭泣的背影，初夏忽然心痛不已，这么做究竟是对是错？

猛地，初夏意识到了一个更严重的问题。10年前，两个人第一次也是唯一一次闹分手，也是因为，当年的自己看到老田被一个穿着性感长裙的女人搂住亲吻……

初夏看了一眼自己，又努力回想当年的画面。

天！

初夏被一个可怕的事实震惊了：原来一直吃醋的“红玫瑰”竟然就是30岁的自己？！

没错，那个女人是在这个时候认识了老田，也穿了这样一款妖艳的红裙，害得两个年轻人误会。瘦了一点儿，高跟鞋，烫头发，口红……初夏全想起来了。

原来老田说的都是真的，他并没有对别人念念不忘，而是因为，30岁的自己真的跟当年的“红玫瑰”一模一样，因为“红玫瑰”就是30岁的初夏啊。老田的疑惑、怪异、解释统统是合理的，而自己对此一无所知。

初夏蹲到地上号啕大哭，丈夫明明那么爱自己啊……

此刻的老田，迷茫、震惊而自责。他明明深爱着陶初夏，却被眼前这个成熟有魅力的女人搞得不能抗拒。他想不明白，自己并非见异思迁的男人，为什么这个女人亲吻自己的那一刻，他不但没有丝毫抗拒，反而是渴望和熟悉的感觉？

老田彻底糊涂了，而更多的是对女朋友的愧疚。他不知道对方会不会原谅自己，只是一个劲儿地拽住她的手，说，你相信我，我真的只爱你，对不起……

两个20岁出头的年轻人痛苦得不能自已，闹也闹了，哭也哭了，大家都有些累。陶初夏擦了擦眼泪：“我只原谅你这一次。即便日后结婚了，如果再有第二次，立马和你离婚。”

老田小鸡啄米似的点头，将小初夏一把拥在怀里，嘴里喃喃私语：“再也不会有了。追你的时候想到有可能失去你，感觉像要死了一样——”

07

初夏和老田不能再见面了。老田清楚，初夏也清楚。所以当老田再看到初夏的时候，他说：“对不起，请不要再来找我了。”

老田想了想，又说：“认识这么久，也不知道你叫什么。虽然这是最后一次见面，但我会记得一起吃西瓜的日子。很快乐。”

“那就叫我小西吧……”初夏随口说。

忽然，她愣住了。小西……果然，自己就是当年恨了那么久的小西。

看着面前的老田，初夏终于相信，自己一直都被这个男人用心爱着。

“我可以不再出现，但你们不可以结婚。”

老田一惊。

"因为你们不会幸福。她有一天会吃醋，会想和你离婚，还会——"

初夏忽然不知道怎么继续。

"这不可能！"老田打断她。

"我一定会和夏夏结婚，我们一定会幸福，永远不会离婚。再见！"

老田气愤不已，转身要走。

见阻止无望，初夏忽然上前拽住他的手。老田本能地想甩开，却发现她泪流满面。

"求求你，如果有一天她要离婚，一定要阻止她，别让她跑出门去！"

老田看着这个女人，他心中有太多的困惑却不知从何说起。终于，"小西"松开了手，说了最后一遍"一定不要让她跑出去"，走远了。

30岁的初夏，永远消失在了老田24岁的人生里。而那些困惑是很多年之后，当自己的老婆越来越像"小西"，他才重新回忆起来的。直到老婆烫了发，又买了那件初夏第一次出现时穿的黑裙子，老田才明白，"小西"原来就是30岁的初夏，是穿越回过去找自己的。

但此时，老婆已经边走边说要和自己离婚……想起当年小西的话，老田急忙追出去阻拦。可一切都已经晚了，他眼看着汽车向老婆冲过来，终于明白当年为什么小西要阻止他们在一起，他猛地冲出去，推开了老婆……

而初夏也明白了，原来那一瞬间老田已经清楚了这一切，只有自己蒙在鼓里。

初夏决心离开这个10年前的世界，但走之前，她要见一个人。

20岁的陶初夏。

初夏很难对年少的自己讲清楚这一切，她怀着最后一丝侥幸想阻止悲剧的发生。毕竟，死的人不该是老田啊！

初夏将帽檐压得很低，找到小初夏。

“小姑娘，我有几句话和你说。”

20岁的初夏不知道面前站的就是前几天的红裙女郎，更不知道这个人就是10年后的自己，愣了一下。

初夏拉过小初夏的手：“我帮你看看手相吧。”

小初夏本能地有些反感，想抽出手，却被女人接下来的话镇住了。

“你从小父母离异，不相信爱情又渴望爱情。你会在今年遇到对自己最重要的男人，你们彼此深爱，但是……”

“但是什么？”小初夏很震惊居然全被这个女人说中，忍不住想听下去。

“但是万一将来你们结婚了，你必须记住，千万，千万不要离婚。你一定要相信你老公，他全心全意爱着你。”

小初夏愣了一会儿，忽然松了一口气，脸上露出了笑容。

“真的吗？我们两个会结婚？！哈哈，我才不会离婚呢……”

小初夏似乎很高兴，蹦蹦跳跳地走远了。

而初夏也该离开了。

她像个游魂一样走在马路上，不知该往哪里去——忽然，一声车鸣，初夏回头，有辆卡车正冲自己驶了过来。初夏本该跑开的，可那一刻她忽然想起了老田。到此时，初夏终于明白了，24 岁的老田属于 20 岁的陶初夏，他不是自己的老田。

老田，我来找你了。

初夏这样想着，没有躲开，而是转过身，等待汽车冲自己撞过来……

一阵闪光。初夏闭上了眼睛。

…………

08

“初夏！初夏，你听我说……”

初夏傻了。自己是已经死了吗，怎么似乎听到了老田的声音？

不是24岁的老田，是34岁来追自己的老田……

初夏猛地睁开眼，一辆车正冲自己驶过来，老田在身后焦急地追赶着她……

居然穿越回了10年后自己要跟老田离婚的时候？

初夏突然清醒过来，此刻的老田还没有死！初夏来不及多想，眼看着汽车冲过来，她猛地回转身，试图将冲过来阻挡自己的老田推回去。

汽车猛烈的刹车声。

两个人倒在地上，渐渐有人围观，救护车驶了过来……

09

初夏睁开眼睛。

四周陌生而熟悉，自己缠着绷带躺在一张床上。

是医院。

初夏忽然忍不住号啕大哭，自己还活着，那么，老田最终还是死了吗？

初夏捂住脸哭得不能自已，嘴里喊着：老田……老田……

“夏夏……”忽然有个声音回应。

初夏不哭了，她听到的仿佛是老田的声音。她有些不敢相信，慌乱地抬起满是泪水的脸，焦急地四下张望。

初夏惊呆了，在自己的病床对面，竟然躺着同样浑身缠了绷带的老田。

老田还活着？

确认是事实后，初夏忍不住笑了出来，笑着笑着，又哭了起来。初夏强撑着下床，用小拳头去打老田："你什么都知道，是不是？"

老田忽然发出"哎哟"一声，初夏才意识到他受了重伤。初夏不敢打了，就在那里哭，眼泪像拧开了水龙头一样哗哗落下来。老田却笑得一脸没心没肺。

"好久不见，老田。"初夏边擦眼泪边哽咽。

"明明每天都见。"老田吐槽。

初夏轻轻地上前抱住他，心里想：再也不要失去你了，老田。

Chapter 8 每个单身狗都有个守护天使

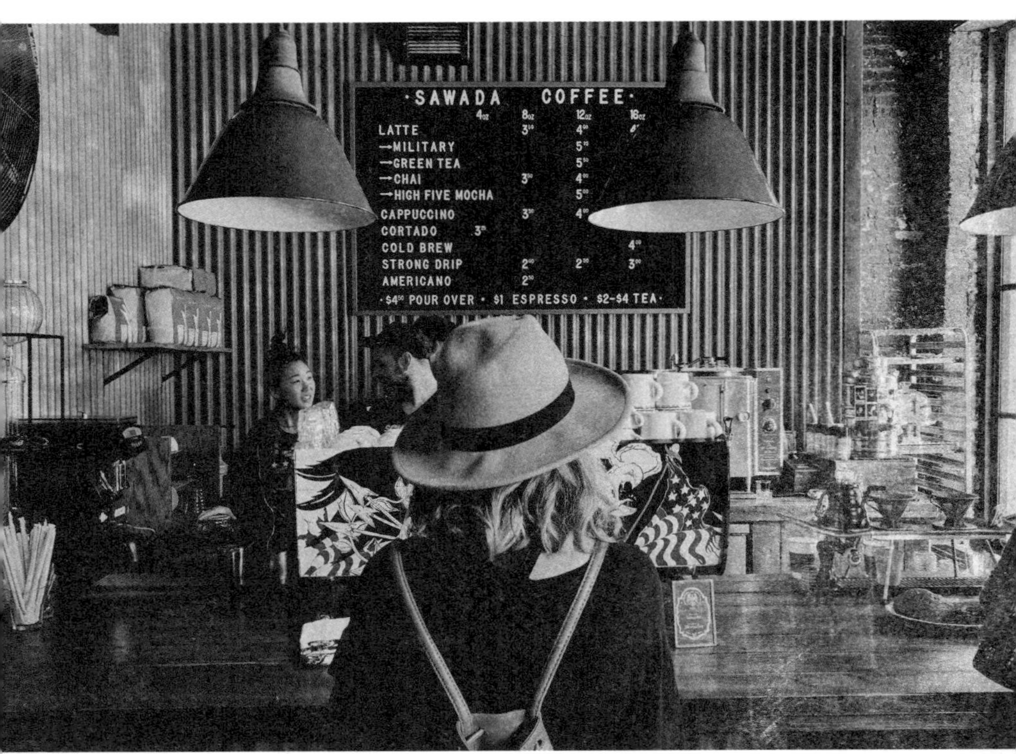

01

姜北总觉得有人在跟踪他。尽管转过身来连只猫都没有，但那种感觉越来越强烈了。

总有一天我要抓到他。姜北想。

姜北 32 岁了，单身。一个人看电影，一个人逛展览，一个人吃火锅，一个人看了 33 次日落……网上“孤独的 10 层境界”，姜北全都占了。

这年头，好像单身就有罪似的，走到哪儿都要被议论。

最可恶的就是姜北的老板。

姜北在一家文化公关公司工作，负责影视剧和艺人的宣传，老板叫辛满意，外号“八卦女魔头”。每次开会，都伴随着若干无聊的八卦话题，从某明星开房被抓包，到某导演的性取向，最后的落点肯定要回到姜北身上。

“姜北，你怎么还是个单身狗呢？泡妞眼光倒是上去了，但钱包实力没跟上啊。哈哈哈……”

哈哈个屁。姜北暗自生气。

说起来，姜北单身的原因一直是个谜。姜北身高 1.8 米，五官俊朗，身姿挺拔，但他从来没有谈过一个长久的女朋友，而且每段恋情都结束得非常莫名。

上一次被女朋友甩，是约会的时候迟到了一分钟，就因为这一分钟，女朋友说他是个不信守承诺的人，把他扔在星巴克就一去不复返了。

上上一次，女朋友招呼也没打就人间蒸发了。

最尴尬的，是有一位前任忽然出家了。

…………

朋友们都说，姜北命里克女友。

姜北不信邪去算了命，花了大价钱，据说是找了位最靠谱的大师，结果对方看了半天，嗯嗯啊啊感慨好几次，最后说："你的爱情运啊——"

"怎么样？！"姜北急切道。

"我实在看不见……"大师一边摇头，一边把钱退给了姜北。

这在大师的算命史上闻所未闻，因此姜北成了传奇人物。大家都说，可怜的姜北，注定孤单一辈子了。

姜北不甘心，开始了疯狂的追爱之旅。不管初次见面还是旧相识，只要看过眼的就去追一追，弱水三千，总有一瓢能饮吧？

可他还是过于乐观了。即使找到了女朋友，也必定在短时间内分手。

姜北无比沮丧，好像背后有人在操控这一切似的。

02

事实上，的确有人在操控这些。确切地说，是一位天使。

世人已经不相信天使的存在，但他们其实从未离开。有的天使带来新生命，有的天使接走亡灵，而负责让两个命中注定在一起的人相遇的天使，叫小隐。

小隐是爱情的使者。

每个人自出生起，脚踝就缠绕着一根只有天使才能看得见的红线。只有与对的人相遇，红线才会闪烁出细微的光芒。而那些中途陪伴走了一程又分别的人，则是生命中生出的无数杂乱黄线。

小隐的使命，是在适当的时候让红线闪烁，将黄线断开。每年，她促成数百万的情侣相爱，也将无数错的人分开。而真正能让小隐一直徘徊左右的人，只有一个。

他就是姜北。

小隐喜欢姜北很久了。

起初注意到姜北，是因为他的红线另一端居然没有人？这怎么可能呢，小隐诧异不已。即使终身未婚的人，命里也注定有一个令自己魂牵梦萦的人出现。

小隐开始跟踪姜北。

姜北工作的时候，小隐在他的办公室。

姜北下班的时候，小隐在他回家的车上。

姜北去电影院，小隐坐在他旁边的位置。

姜北去美术馆，小隐跟着他一起看画展。

哪怕姜北独自吃火锅，对面的空位上，小隐也静静地看着他。

姜北自大、自恋又腹黑，浑身透着一股负能量，在地球人的世界并不怎么受欢迎，但小隐喜欢得很。

“哈哈哈，这个小姜北可真好玩！”小隐对天使姐妹小亚说。

人类无论多大年纪，在天使眼里都是小朋友。

“你喜欢上了一个凡人，这很危险。”天使小亚说。

在天使的世界，有许许多多关于天使和凡人相爱的凄美故事，每一个故事的开头都新鲜浪漫，过程都曲折深情，但结局却凄凉悲恸，能让年轻的天使大哭三个晚上。

是的，在天使的故乡，居然没有一个天使和凡人相爱结局幸福美满的故事。所以天使们纷纷恪守祖训：不许跟凡人相爱。

可自己是爱情天使啊。小隐想。无论如何,都要经历一回爱情。

和每一个暗恋的姑娘一样，每次看到姜北恋爱，小隐就吃醋、不爽，心里酸酸麻麻，夜夜意难平。

而且，不知是不是“情人眼里出西施”，小隐瞅着姜北的那些约会对象，怎么看怎么不满意，觉得一个个都配不上姜北，这怎么能行呢?

于是，姜北忙着相亲、追姑娘、谈恋爱，小隐就忙着拆散姜北和他的女朋友，搞乱他和相亲对象。小隐算好了，这次让你恋爱半个月，下次给你一周的时间，再下次嘛，哎呀那个姑娘居然有点儿漂亮，干脆谈一天就分手好了!

没错,那些莫名其妙甩了姜北的失恋事件,小隐就是罪魁祸首。

偶尔，小隐也心虚。可毕竟姜北的红线没亮起来呀，既然都是错的人，拆散就拆散。她安慰自己。

渐渐地，跟踪姜北已经不再能够满足小隐了。

“总有一天，我要正大光明地站在你的面前。”她冲姜北说。

但凡人是看不到天使的。

天使变成凡人的办法只有一个:提前完成自己的使命。作为爱情使者的小隐，只有在一年内促成1000万对情侣，才有可能变成凡人。

爱情的力量让小隐斗志昂扬，她四处游走，从校园恋情到黄昏恋、老少恋、跨国恋，看到相爱的人立马“速点鸳鸯谱”。

可惜，虽然地球上一片爱意，但情侣的数量远远不够。尤其是，真爱不够。这年头也不知道怎么了,爱情居然越来越经不起考验了。小隐折腾了半年，还是没完成任务，每天像个幽灵一样跟踪姜北。

偶尔，姜北会忽然回头，好像发现被跟踪了一样。小隐觉得奇怪，又觉得兴奋，这大概就是传说中的心有灵犀吧。

真想摸摸你的脸啊，小姜北。小隐站在姜北对面，美滋滋地想。

03

姜北在公司不怎么受待见，尤其是老板辛满意，对姜北似乎有十万个不满意。

这会儿，小隐正百无聊赖地坐在姜北桌子上看他工作，忽然，辛满意拿着一摞稿件，怒气冲冲地走了过来。

隔了大老远，小隐就感受到了一股可怕的戾气，她忍不住冲辛满意扮了个鬼脸——反正凡人永远看不到自己。

辛满意把稿件往姜北桌子上一摔。

“怎么回事儿——”辛满意猛地提高了分贝。

“不知道叨妹是老板力捧的新星吗，她的电影马上上映了，这什么狗屁文案创意，又忙着相亲去了吧？相亲你倒是领个女朋友来让大家见识下啊！”

居然敢对小姜北这么凶，小隐冲着辛满意一拳就打了过去——可惜，她的拳头如同空气，辛满意完全感觉不到。

但姜北的不开心小隐却深深感觉到了。

本来，姜北早就想好了，钱就是亲姥姥，对“女魔头”上司要打不还手、骂不还口。可辛满意最后一句话刚落地，姜北也不知道怎么了，一下子就从座位上站了起来。

“相什么亲？怎么相亲？就因为这个没脸没胸没屁股、除了假摔就是撕 ×、咖位不够还天天要头条的叨妹，我现在吃了上顿没下顿，常年没有性生活，节假日爬起来找水军，还要他妈的烧脑接地气玩创意，吃屎去吧！”

姜北一口气说完，整个办公室鸦雀无声。

他自己也傻眼了。

小隐在一旁笑得差点儿从桌子上掉到地上。

本来，姜北没打算顶撞老板的，可刚才“女魔头”说着说着就扯到了相亲上，一下子戳到了自己的痛处——姜北上周末真的去相亲了，而且又莫名其妙地被甩了。

“给我滚！”辛满意终于回过神来，大吼一声。

姜北也回过了神。他要是有点儿骨气，应该头也不回地走出办公室再摔上门，大喊一声：“老子还不愿陪你这个魔头玩了呢！”

但姜北发现自己的腿根本迈不动。他是利益至上的人，很快冷静下来：妈呀不能走，这年头钱难挣，工作这祖宗尤其不好找……

正当姜北不知该如何挽回僵局的时候，忽然，辛满意眼睛一翻、身体一直。

姜北吓了一跳，老板这是要挂？

老板呆立了半分钟，傻愣傻愣的。

大家都发现了异常，纷纷停下手中的工作。姜北心里咯噔一下，完了，人命官司我惹不起，还是跑为上策。

姜北悄悄地拎着包想溜。

就在他走到门口时，背后猛然传来一声“小姜北”！

全公司都惊呆了。

姜北站在原地一动不动，身上涌起无数鸡皮疙瘩，他闭上眼睛，等待着一场暴风雨的来临。

然而，什么也没有发生，时间仿佛静止了一样。

姜北鼓起勇气，小心翼翼地回头——

嗯？什么情况，辛满意为什么笑得跟个神经病一样看着自己？

没错，此刻的“女魔头”不是怒气冲冲，而是一脸兴奋，就连刚才喊自己名字都是充满惊喜的，简直像换了个人。

而且，老板这是刺激出毛病了吗，居然喊自己“小姜北”？

姜北比辛满意还大一岁，他哪儿小了？

公司的人也傻眼了，只见辛满意笑容满面地走到姜北面前，挎起姜北的胳膊。

忽然，辛满意伸手摸了摸姜北的脸。

姜北一哆嗦。

辛满意愣了愣，收敛了下：“啊，没事儿，你说得有道理。就这样吧，吃饭去。”

大家看得目瞪口呆。

姜北心想，坏了坏了，这是刺激傻了。

辛满意带姜北到了大厦顶楼的旋转餐厅，而且坚持要坐透明电梯。可姜北是个恐高的人，没等到楼顶就满脸是汗。

这就是传说中的“杀人不见血”吧，姜北想。

但奇了怪了，辛满意点的居然全是姜北爱吃的。餐桌上，她不但没了刚才凶巴巴的气势，连说话声音都轻柔娇嗲起来，就差对自己喊欧巴了。

姜北心一横，三下五除二把一桌子菜消灭干净。他打了个饱嗝，抿了抿嘴，一抬头，差点儿一屁股从椅子上掉下来。

辛满意居然一口也没有吃，而且，就那么一动不动地盯着自己。

那一脸莫名其妙的笑容让姜北觉得，或许这是自己在人世间吃的最后一顿饭了，下一秒就会剧毒发作，吐血而亡。

回到公司，姜北惊魂未定，生怕再出什么幺蛾子，赶紧把文案改了，老老实实坐在那儿。

“你怎么还没走？”辛满意从办公室出来，忽然问。

“老板，不是你说让我重新修改的吗……”姜北暗自郁闷，“女魔头”变脸也太快了吧。

“我说了吗？”辛满意愣住了。

公司的人纷纷做证。

辛满意也觉得不对劲儿，好像失忆了似的，压根儿想不起来刚才发生了什么，就连已经吃完午饭这件事也完全没印象。听说还是跟姜北一起吃的，辛满意吓了一跳。

她摸摸自己的额头，我这是发烧了吗？

辛满意当然不会想到，一切都是天使小隐搞的鬼。

刚才听到姜北不愿被辞退的心声，小隐一个没忍住，直接钻到辛满意身体里去了。

是的，天使可以借用凡人的身体出现在人间。但为了凡人的正常生活，往往只能借用一小会儿。

所以，“小姜北”是小隐喊的，跟姜北吃饭的也是花痴小隐。

此刻，小隐正心满意足地坐在天桥上晃荡着腿，心想，面对面的感觉可真爽啊。

天使总喜欢待在高处俯瞰众生，高耸的楼宇，人来人往的天桥。因此她化身凡人也习惯登高，只是可怜了恐高的姜北，上去一趟下来 10 分钟了，腿还在打哆嗦。

04

原来这就是爱情。

小隐回想着刚才的情景，禁不住嘴角上扬。

第一次化作凡人的体验让小隐沉迷了好几天。有时候，走着走着路，小隐忽然傻笑起来，有时候开着天使大会，小隐忽然就走了神，满脑子都是姜北的那张脸。

从前，天使小亚总喜欢和小隐一起吐槽，看哪，地球上热恋的男男女女可真好玩，跟个小白痴似的。

此刻小隐才知道，当白痴的感觉有点儿过瘾。

小隐从此欲罢不能，为了能和姜北有更多亲密接触，反反复复往普通人的身体里钻。

起初，她的目标总是一些美女，形势紧迫的时候，男女老少统统不重要了。小隐甚至曾变成姜北邻居家的狗，在清晨的路上冲着他“汪汪”乱叫，摇着尾巴满心欢喜；小隐还曾经化作姜北家里的发财树，努力吸取着养分，挺拔着身躯像名小小的绿色战士，在夜晚悄悄和他道晚安。

姜北自然不知道这一切。他只是偶尔纳闷，自己为什么忽然受欢迎起来，连小猫小狗都爱守在自己身边。甚至，一度被称为“植物杀手”、养什么死什么的自己，现在居然也能收获一棵绿油油、树叶旺盛的发财树了。

姜北觉得神清气爽。

他美滋滋地走在路上，觉得大冬天也充满阳光。

路边有羊肉串小摊的叫卖声，姜北心血来潮，想要买一把尝尝。

只是，姜北刚掏出钱包，忽然“嗖”的一下就不见了。

姜北愣住了。

半晌，看到手里空荡荡的，他才回过神来，居然遭遇了“飞车党”。

姜北不甘心，拔腿追了200米，终于，摩托车拐进一个胡同，把姜北远远抛在后面。

“浑蛋！”姜北气急败坏地诅咒着。

姜北骂完转身想走，发现“飞车党”忽然掉转了方向，冲自己开了回来。

我靠，骂他两句还记仇了？

眼看劫匪离自己越来越近，抢了钱包的彪形大汉跳下车，直冲自己飞奔而来，嘴里还喊着：“小姜北！”

姜北脚底一滑，摔了个狗啃泥。

劫匪居然知道自己的名字？这不是随机抢劫，是有目标作案哪！难不成有人“买凶杀人”想灭了自己？

姜北吓得一屁股爬起来飞快地往前跑，劫匪在后面紧追不舍：“小姜北，你给我站住！”

也不知跑了多久，姜北气喘吁吁，感觉下一刻即将暴毙而亡，他实在跑不动了，停下来蹲在地上。

姜北很同情自己：可怜我一个单身狗，还不知道爱情的滋味，就要命丧黄泉了。

劫匪也累得不轻，说，你跑什么呀跑什么呀！说着就把钱包扔给了他。

姜北傻眼了。

劫匪腰间别着把刀，对姜北说：“去楼顶坐会儿！”

姜北战战兢兢地跟着上了楼，劫匪不知什么时候买了一把羊肉串，还带了瓶啤酒。两个人来到16楼楼顶，劫匪坐在楼边跷着脚，姜北心脏都快吓出来了，死就死吧，还要摔死，连个全尸都没有，姜北心都碎了。

劫匪忽然冲他嘿嘿一笑："吃肉串！"

姜北热泪横流，这是上路饭啊……他心一横，大口喝酒、大口吃肉。

酒足饭饱，劫匪冲姜北说："快走！"

姜北愣了两秒钟，连滚带爬地下楼报了警。

警方赶到，以为劫匪要"畏罪自杀"，急忙布置救生气垫，拿着喇叭高喊："上面的抢劫犯不要想不开……"

劫匪身体里住的自然是小隐。

见姜北的钱包被抢走，小隐想都没想就飞奔进劫匪的身体。还了钱包，吃完肉串，小隐觉得该从别人的身体里跳出来了，才把姜北赶走，以免他被报复。

劫匪恢复自己的意识后，迷迷糊糊地起身打算走，结果刚迈了半步，才反应过来居然在顶楼边缘，吓得魂飞魄散，直接从天上"飞"了下来，在空中哭得眼泪四溅。

劫匪以为没命了，结果"扑通"一声，掉到了气垫上。

继而，"咔嚓"一声，被警察带走了……

05

每一次和姜北有更进一步的互动，小隐的心就更温柔一点儿，欲望也就更多了一点点。

小隐化作辛满意摸了姜北的脸，化作劫匪和姜北喝了顿小酒，可是……如何才能与他牵个手、接个吻呢?

小隐为自己这个羞羞的想法脸红了，却又激动不已。

啊，有了。

小隐知道接下来要往谁的身体里钻了。当然是姜北那些短暂的女朋友、只见了一两次的相亲对象啊!

这个周末，小隐感觉到了幸福来敲门的声音，因为姜北又要相亲了。

和往常一样，虽然没抱什么希望，姜北还是打扮一番，穿得像模像样，认真刮了胡子、洗了头发，甚至把指甲修剪得干干净净。

姜北走在路上觉得有点儿委屈，自己这么一个不学无术的人，唯一认真对待的就是爱情，偏偏不被爱情待见，真是太惨了。

我还是个处男……

姜北和相亲对象约在了咖啡馆见面。

临到的时候，他特意看了看表，嗯，提前10分钟，不早不晚。

自从迟到一分钟被甩后，姜北生出了一种“约会强迫症”。为了努力把握每一次相亲机会以及和女朋友深入交往的可能性，姜北对什么事情都不上心，唯独对发展中的另一半几乎言听计从，百般照顾。别人送9朵玫瑰，他送99朵；别人下雨给女朋友送把伞，他坚决要在雨水多的地方背女朋友过去。

这样还是个单身狗？也太没天理了吧。

姜北走进咖啡馆，有个女生大老远在招手。

他不确定对方是不是在招呼自己，一是姜北有点儿散光，二是他极少在相亲的时候有热情的待遇。美女就不说了，无论大脸盘还是小短腿，相貌平平还是其貌不扬，那些女生都拥有一个奇怪的共同特质：跟自己相亲的时候无感。

就像是受了诅咒一般，从“天鹅”到“恐龙”都不爱他。

所以，直到姜北走到那个女生面前，他才敢确定，女孩是在朝自己挥手。

“服务员，两杯拿铁。”

真奇怪，姜北见了这么多相亲对象，第一次遇到女生主动要请自己的。

这个女生圆圆脸，相貌虽说有些普通，但五官也算大方，姜北心有好感，急忙掏钱付款。

“哎呀，不用。”

女孩一把将姜北摁回了位子上。

嗯？她居然是动手把我摁回来的，自来熟嘛。姜北有点儿小爽。

更奇怪的是，对方和自己的兴趣居然难得一致，女孩甚至说，她家里也养了一棵发财树。

哇，这是遇到有缘人了吧。姜北想。

喝完咖啡，姜北提议去森林公园走走。女孩头点得跟捣蒜一样，姜北大喜：有戏。

夕阳西下，人渐渐少了起来，姜北心想，自己是不是该主动说点儿什么拉近距离呢？要不要问问对方对自己的印象……姜北还在酝酿台词，忽然就感觉手被抓住了。

一只暖暖的小手握住了自己的手。

嗯？什么个情况？

姜北感觉被电到了一样，半晌才反应过来。他一转头，女孩眼波流转，望着自己的眼睛里全是深情，全是迷恋。

姜北有点儿不能自持。

“你……我……”

“我们去小树林走走吧。”女孩说。

妈呀。姜北心花怒放。等了千年万年，今天可算把桃花运盼来了！

姜北刚要转弯，却被对方一把拉住："那边，去最高的山顶上的那片小树林。"

姜北一愣，山顶上的小树林，口味很可以嘛。

虽然，姜北有恐高症，爬山这辈子只干过一回，还是一座植被茂密、矮矮的小山。可这一次为了爱情，姜北觉得，死在山崖上也要去。

"怕高，就抱着我。"女孩说完，羞涩地莞尔。

姜北感觉快要幸福得晕过去了。

他们终于到了山顶上，姜北不敢往四周看，只是紧紧抱着女孩，看着女孩的脸，慢慢地越看越近……

四周空无一人，小隐在相亲女孩的身体里大呼过瘾。

很快，小隐迫不及待地"胡作非为"起来。她嘴里一边念着"小姜北"，一边深深吻了下去。小隐开心地和姜北又亲又抱，就差把他推倒了……

姜北吓了一跳。现在的小姑娘都这么"饥渴"了吗？还是自己的男性魅力终于爆发了？

姜北沉浸在女人香里，和女孩吻了一遍又一遍，就像是初吻。

但幸福都是短暂的。由于不能在别人身体里停留太长时间，小隐也只能爽一会儿就跳出来。

而姜北自然没能及时反应过来。他正对着姑娘你侬我侬、激情四射，忽然姑娘睁大了眼睛，看着姜北紧紧贴过来的脸，吓得大喊一声：“臭流氓！”一巴掌就打了过去。

姜北傻眼了。

姑娘撇下姜北，愤愤地跑下了山。

姜北一脸郁闷：嗯？谁来给我解释一下这是为什么？

姜北准备下山，可他刚望了四周一眼，忽然“啊”的一声——恐高的姜北一头晕了过去。

06

就这样，姜北莫名其妙地又相亲失败了。

他不甘心，一口气继续约见了几个女孩，父母介绍的、朋友介绍的、同事介绍的，也有自己遇到的……故事的开头总令他充满遐想，故事的结尾总令他摸不着头脑。

姜北一直觉得自己是个薄情的人，毒舌，冷漠，不相信爱情。可当一次次被算不上爱情的爱情抛弃之后，内心的执拗反而上来了。

我要谈一场真正的恋爱。他想。

仅仅为了谈一场正儿八经的恋爱，他改掉了陪伴二三十年的坏习惯，到最后连谈恋爱的目的都扔掉了，就想遇到一个人，彼此真诚对待，相伴到老。

即使这样对于自己好像也太奢侈了些。

姜北总爱跟人说："找什么女朋友，一个人多自在。"

其实那不过是他嘴上的死撑。姜北把能做的都做了，能改的都改了，可依然没有女孩喜欢自己。

姜北有些灰心，注定要做一辈子单身狗了吗？

算了。就这样吧。一个人也挺好，钱怎么都花不完的感觉，大把的时间可以出去旅行、和兄弟喝酒作乐……

姜北这一晚喝醉了。

小隐陪着他待了一夜。

"我太自私了。"小隐自责不已。可是，傻瓜姜北，怎么可能是别人都不喜欢你呢？是我舍不得把你交到其他人的手里啊。

一夜难眠。

终于，小隐做了个决定：在借用过的 99 个凡人身体里挑出一个，偶尔借用。

这个选择并不难，小隐一下子就想到了"八卦女魔头"辛满意。

毕竟是姜北的领导，天天见面不说，权力还很大。

此后，小隐每次化身辛满意，都对姜北格外照顾。姜北表现好了，大肆表扬；犯了错误，“没事，相信你下次一定可以做好！”

很快，“女魔头”的反常，同事都发现了。

以前辛满意的抠门响彻娱乐圈，这会儿却兴致勃勃地要给大家准备中秋福利，还在微信群里发红包。尤其对姜北，从前横眉冷对，现在恨不得抱过来亲一口。

以前姜北迟到，“女魔头”按分钟来扣工资；现在迟到，上来就说：“小姜北，又熬夜了吧，哎呀叫你早休息的……”

同事听得鸡皮疙瘩都起来了。

更过分的是，有一次暴雨，姜北没带伞，“女魔头”居然强行要将自己的伞给姜北用。在姜北极力拒绝之下，“女魔头”一路护送姜北到家，自己才又回了家。

大家纷纷传言，辛满意喜欢上了姜北。

这可坑惨了辛满意。

自从小隐动不动就钻到辛满意身体里，她老觉得脑子爱断片儿，想不起几分钟前做了什么，而且干的全是荒唐事儿。

为了搞清楚身体的异常，辛满意没少往医院跑。可医生们看了又看，都说没啥大毛病，可能是疲劳导致的记忆力下降。

辛满意有些郁闷。不过，由于这次史无前例的中秋福利，员工一高兴，效率上来了，电影海报不再是之前的“山寨好莱坞”风格，姜北的宣传文案也玩出了脑洞和创意，业内口碑疯长，放假前居然接了个大单子，国际巨星赵冰冰的新电影让公司做宣传……

辛满意终于露出了满意的笑容。

07

姜北确实是个臭脾气，但只有小隐知道，对他你得哄着来。你越凶，姜北就越不要脸，但你送他一尺布，姜北恨不能送你一匹锦。

天使小亚对小隐说：“你对姜北绝对是真爱。”

小隐愣了一下。可是，姜北连自己是谁都不知道……

天使个个肌肤胜雪、眉目如画，而小隐，是所有天使中最玲珑动人的那一个。如果天使需要拍宣传片，形象代言人一定是小隐。

“姜北如果看到你，肯定会一见钟情的。”小亚打趣。

小隐笑了笑，越发没日没夜地撒播爱的种子。

好想让姜北看到自己美丽的样子啊。小隐想。

晚上姜北一个人去看电影，小隐跟在他的身后。结果走到电影院，“女魔头”正在门口拿着手机大声咆哮……

原来，男朋友又放了她鸽子。

辛满意是个女强人,男朋友更是商界大佬。天天忙得不可开交，就为一起看场电影，辛满意约了半年了，这次好不容易看在生日的分儿上答应了，结果还是临时有事儿。

“回头给你买个包还不行吗?！ LV、Chanel、Gucci 随便挑。”对方在电话里说。

“买什么破包，分手！”辛满意大吼着挂了电话。

姜北这会儿已经走到了跟前，他有点儿尴尬，想装没听见已经来不及了。

辛满意看到姜北，愣了一下。

“小姜北，能陪我一起去看电影吗?”辛满意忽然无限温柔地说道。

姜北腿一软。

每次辛满意喊自己“小姜北”，都是她爱心发作的时候。

可辛满意刚刚分手，姜北不知该如何拒绝。

“今天是我的生日。”辛满意又说。

姜北更不忍心了，生日分手，哎哟，真惨。

“走，看电影去，我请客！”姜北大手一挥。

刚才还无限伤感的辛满意顿时手舞足蹈，跟换了个人似的，挎着姜北直奔电影院。

姜北吓了一跳，幸亏同事不在，要不然真以为他俩在恋爱。

“我们去最后一排，最后一排位置高。”辛满意说。

姜北感觉头上无数乌鸦飞过，这是什么恶趣味？

两个人看了一部动画电影。姜北很吃惊，平时雷厉风行的“女魔头”居然喜欢看动画片？

更可怕的是，辛满意居然一边看动画片一边哭？

姜北完全搞不懂对方的路数。

此刻的辛满意当然是小隐。小隐哭不是因为动画片感人，而是她太开心了，终于能够和姜北坐在一起看电影了。

很久以来，小隐几乎陪着姜北看了近百场电影。只有这一次，她踏踏实实地坐在了姜北身边。

小隐暗恋姜北的日子，最喜欢的就是和他一起看电影。

天使小亚曾问小隐，看电影有什么特别的？

小隐说，就是喜欢那种感觉啊，最爱的人就坐在身边，一伸手就能触摸到。

小隐忍不住，握住了姜北的手……

姜北愣住了。妈呀，“女魔头”不会真的喜欢上自己了吧？姜北不好意思把手抽出来，就那么愣愣地让辛满意握着，脸红心跳地看完了一部动画片。

走出电影院，小隐有点儿困，从辛满意的身体里跳了出来。

辛满意回过神来，吓了一跳，自己大晚上的和姜北这是干吗呢？

不一会儿，姜北忽然捧着个蛋糕出来，对辛满意说：“生日快乐。”

辛满意眼睛一红，差点儿掉下泪来。

奇怪，辛满意明明记得自己从前是最不待见姜北的，觉得他一身缺点，可现在似乎看他越来越顺眼了呢。

两个人甚至成了好朋友，偶尔一起加个班、点个外卖，或看场电影。姜北很奇怪，辛满意不是喜欢看动画片吗，怎么后来一直看打打杀杀的动作片呢？

而真正喜欢动画片的小隐，这会儿正忙着为大家的爱情操心呢。

小隐心花怒放，距离目标越来越近了，她马上就能变成凡人来到姜北身边了。

“很快你就能看到我的样子了。”小隐觉得心底的幸福快要溢出来了。

08

地球上，处处被小隐洒满了“爱的香气”。

姜北和辛满意正要过马路，车流穿梭，辛满意不自觉地抓住了姜北的胳膊，过到路边，她本打算将手放下来，结果恰好和姜北的手碰在了一起。

两个人一怔。或许是这夜色太美丽，到处弥漫着一股让人想恋爱的气息，辛满意忽然说："不如，我们交往吧。"

姜北愣住了。这么多年的单身狗生涯里，第一次有人主动要和自己谈恋爱。他怎么能够说"不"呢？

于是两只手紧紧握在了一起。地球上，又多了一对情侣。

忽然，小隐一下子重重跌到了路边。

一分钟前，小隐原本是坐在大厦楼顶俯瞰这醉人夜色的，可这会儿居然掉到了地面上？

她吓了一跳。

旁边有人笑了起来，看，天上掉下来个美女呢……

小隐东张西望了一会儿，才发现他们在笑自己。她笑嘻嘻地爬起来，忽然愣住了。什么，凡人能够看见自己了？

此刻，她才发现自己的膝盖蹭破了，衣服也弄脏了。

我居然流血了？

小隐不敢相信这一切，急忙抓住一个姑娘问，你能看见我吗？姑娘一把甩开她的胳膊，嘀咕了句"神经病"跑开了。

小隐试着跟一个小朋友打招呼，小朋友露出没长齐的牙齿，向她挥挥手。

天哪，我居然变成凡人了？小隐高兴地想。

小姜北呢？小隐忽然想起了正事，迫不及待地想要去找他。

霓虹闪烁的夜色下，小隐本打算直奔姜北家，可隔着马路上来来往往的行人，她忽然一眼看到了姜北。小隐跳了起来，看着红绿灯交替闪烁，她欢快地穿插在人群中，小心翼翼地过着马路，想要大步追上姜北。

忽然，她愣住了。

这是怎么了？为什么姜北的手和辛满意的手握在一起？辛满意亲了一下姜北，打开车门，两个人亲昵地上了车。

“小姜北！”

小隐在后面焦急地喊着，一声接一声的汽车鸣笛，姜北根本什么都听不到。

她傻眼了，到底发生了什么？

好半天，小隐终于明白过来：原来，姜北和辛满意就是自己的第 1000 万对情侣。

小隐几乎要哭出来了，她不管不顾地闯着红灯，差一点儿被车撞倒。

“没长眼睛啊！”司机骂了一句。

“不要命啦！”又有人骂。

小隐什么都顾不上了，她只想追上姜北。然而，辛满意的车疾驰而去，将小隐远远抛在后面。几分钟后，车子拐了个弯，小隐再也看不到了。她终于停了下来，坐在地上委屈地哭了起来。

“小姜北，我变成凡人来找你了。”

半夜，小隐不知道该去哪里，找了个天桥凑合过了一夜。冷风呼呼地吹过小隐的面庞。她裹紧了衣服，睡梦中，还在哭泣。

09

一夜很长，小隐被冻醒了好几次。有一刻她又哭了起来，一定是自己之前太坏了，钻到凡人的身体里搞破坏，所以终于遭到了报复……

小隐再也没有能力拆散姜北和他的女朋友了。

她不知道该以什么样的姿态出现在姜北面前，只是一次次地跟踪姜北和辛满意，在他们身后看着两个人欢笑、两个人拥抱。

小隐什么都做不了。

有时候，姜北走着走着路，会忽然回头。

什么也没有。

可一定有人在跟踪自己，姜北想。没错，那种感觉又回来了。

去见辛满意的路上，姜北留了个心眼儿，没有像往常一样慢下来再回头，而是假装完全没察觉，然后猛然转过身。

姜北愣住了。

回头之前，姜北原本一腔愤怒，被跟踪了这么久，他必须抓出那个人好好问清楚，究竟是什么企图。

可是，他看到了不知所措的小隐站在对面，就那样呆呆地看着自己。

只那么一瞬间，仿佛被电到了一般。姜北心想，世上还有这么好看的女孩呢！

“真像个天使。”

姜北忍不住脱口而出。

小隐一愣，她高兴得想哭，这是姜北和自己说的第一句话。她打算上前和姜北好好聊聊，就在这时，一声“姜北”打断了两个人的思绪。

是辛满意下楼来了。

辛满意笑着上前，一把将姜北拽走。走了两步，姜北忍不住回头看了小隐一眼。辛满意也看到她了，轻声嘀咕：“好漂亮的女孩，不过傻站着干什么呢，衣服真是太脏了……”

姜北和辛满意恋爱以来，跟大部分情侣没什么两样，一起吃饭、逛街、看电影，也牵手、拥抱、接吻。

只是，他总觉得怪怪的，像是走流程。

两个人吃完了日本料理，辛满意说:“接下来，我们该做什么了？”

姜北神思恍惚，“啊”了一声，看了一眼“备忘录”:“该陪你逛超市了。”

辛满意“哦”了一声，两个人都没有再说话。

半晌，辛满意说:“你感觉我们像恋人吗？”

姜北愣了一下，小心翼翼地反问:“您觉得呢？”

“不像，好像哪里不太对。”

姜北忽然松了一口气。

“是吧，我也这么觉得。”他笑了起来。

“嗨，还以为就我自己觉得别扭呢。”

“我一直不太好意思说……”

“那咱们——”辛满意做了个分开的手势。

“好嘞！”

“还是好朋友？”

“最好的朋友！”

姜北又成了单身狗。可这一次，他总觉得有点儿不同。一整天，姜北都在想着白天那个突然出现的女孩，她会在哪儿呢？

姜北重新回到了那条巷子，显然，小隐并不在那里。

姜北失魂落魄地回到家，他不知道，此刻小隐就在对面的楼顶上。每晚，小隐都要看着姜北家的灯熄灭，自己再回到楼顶睡觉。她已经简单地搭建了个“小窝”，用捡来的一些垃圾围了起来，还捡了两件旧衣服和一块席子。

不做天使这么久，她仍然喜欢高处。

凡间真冷。小隐总是在夜里想。

10

普吉岛，海水如翡翠般碧绿清澈，在阳光的照耀下泛着点点波光。

姜北休了年假，一个人出来散心。

从前为了告别单身，姜北跟谁都可以谈恋爱，因为他并不知道谁是对的、谁是错的。自从遇到那个女孩，姜北忽然明白有喜欢的人是什么感觉了。

她是谁？她在哪儿？

姜北胡思乱想着，却不知道，此刻，小隐正在海滩上焦急地找着他。

就在昨天，小隐得知姜北分手的消息开心不已，可接连露宿了几晚，她感冒、发烧，神思恍惚。清晨忍着难受跑到了姜北公司，居然被告知他休假了，小隐又匆匆忙忙赶往机场。

她眼看着姜北过安检，着急得不知如何是好。小隐没有钱，没有机票，她甚至连身份证都没有。小隐望着姜北远去的背影哭了起来。

忽然，安检的人对她说："快去追呀。"

小隐愣了一下，走进去之后，每个人都仿佛认识她一样："快去，加油。"

"还来得及！"

小隐边跑边诧异不已，这是怎么了？

进到飞机里，空姐忽然一把将她拽到角落的位置，叫她安安静静地坐着，不要被人发现。

"哎呀，我是小亚。"对方急了起来。

小隐这才明白，原来刚才所有的人都是小亚。小隐恨不得上去亲她一口。

小隐变成凡人后，小亚接替了她的位置，成为新的爱情使者。刚才看到小隐难过，小亚心疼坏了，第一次尝试跳到别人身体里，而且还是接连切换身体，累得气喘吁吁。

小隐来到了普吉岛的海滩，她东张西望，满心欢喜：小姜北，你在哪儿呢？

此刻，姜北正漫无目的地溜达。

小隐跑来跑去，但四周人太多了，以至于她走过姜北身边都没有发现。

忽然，小隐似乎感觉到了什么。

她停下脚步，猛地回头。

小姜北！

小隐在心里喊。

是的，姜北正站在对面，愣愣地望着自己。

姜北不敢相信自己的眼睛，她怎么会在这儿？

海滩上人来人往，可此刻，他眼里只剩下一个人。

小隐冲着姜北甜甜一笑。

“你你你——”半天，姜北也没说出来一句完整的话。

小隐忽然一把搂住他的胳膊，笑着说：“好的。你说怎样就怎样。”

姜北开心得要哭了，啪地就给了自己一巴掌。

不是梦。

他有点儿不知所措。因为这次和每一次都不一样，姜北发觉自己的心扑通扑通、扑通扑通，既兴奋，又紧张。

沙滩上，小隐很自然地挽住姜北的手。

姜北愣在那里。

“你知道这世上每个人都有一根爱情红线吗？”小隐温柔地说道。

本来，这是个极幼稚的话题，可因为是小隐在说，姜北竟也觉得十分有趣。

“那是什么，月老系的绳吗？”

小隐笑了起来，她笑得那么好看，姜北心里全是温柔。

“这世上总有一个人让你笑得最甜、痛得最深，让你知道爱情的滋味。这就是你生命中的爱情红线。”

姜北傻傻地坐在那里，他的脸上笑着，嘴里应和着，脑海里却一片空白。这一刻，姜北什么都听不进去，他只是觉得天高海阔、人心荡漾；他只是觉得小隐笑起来好看，不笑也好看，反正怎么都好看……

海浪一阵阵向前翻滚，像个调皮的孩子忽而溅起，忽而又潜入海底。小隐在姜北的怀里睡着了。

姜北屏息凝气，胳膊一动不敢动，生怕惊醒了她。

小隐翻了个身。

姜北将外套披在小隐身上。他一个鱼跃，向大海深处游去。姜北心里的喜悦如浪花般活蹦乱跳，忍不住越游越远。

11

一个响雷，小隐醒来。

天忽然下起雨，风大浪急。感受着海涛不时拍打在自己身体上，小隐有说不出的快活。

小姜北呢？小隐才发现他不在岸上。她在海边找来找去，可根本没有姜北的影子。

她焦急地跑了起来，忽然，小隐看到了海里扑腾着的一双手。

小姜北！

不知道是不是因为风浪太大，姜北溺水了。小隐吓了一跳。人们慌乱奔跑着四散避雨，他的求救声根本没人听到。

小隐奋不顾身地冲到了水里，努力朝姜北游去。

这是要死了吗？

姜北在海里挣扎着想。

可是，我刚刚遇到个不一样的女孩……

“小姜北！”

姜北忽然听到了一个声音。

是她。

原本放弃的姜北又拼命挣扎起来，他的力气越来越微弱，终于被小隐一把抓住。只是，此刻的小隐也已精疲力竭，身体在慢慢往下沉。

不该那么兴奋的……姜北难过地想，他安安静静地看着小隐，任凭她拽着自己往前游去，有那么一刹那，姜北忽然觉得恍惚，就好像，他终于什么都明白了。

这世上所有叫自己“小姜北”的人或许只有一个，那就是眼前的这个人。

姜北甚至没来得及问她的名字，可被她拽住的那一刻，和她对视的那一刻，姜北忽然觉得：他爱她。

好像已经很久了。

12

姜北吐了口水，醒了过来。

他睁开眼睛，眼前的世界一点点变得清晰，许许多多陌生人在周围七嘴八舌。

我得救了。姜北终于反应过来。

她呢？

姜北一激灵，猛地坐了起来。他四处张望，忽然发现不远处，女孩躺在沙滩上，被一群人包围着，有个男人正要给她做人工呼吸救她。

“等一下！”

就在对方要扑向女孩的一刹那，姜北忽然冲了过来，把男人猛地撞到一边。

“我来。”

姜北说着，深吸一口气。

没有人注意到，姜北的手一直颤抖着，他慌乱不已，生怕对方再也醒不过来。

小隐终于活了过来。

两秒钟前，姜北正要下嘴，忽然小隐睁开了眼睛，吓了姜北一跳。他呆立在距离小隐嘴巴五厘米的地方，不知所措。

小隐反应过来，忽然笑了起来，她一把摁过姜北的脑袋，姜北的嘴唇和小隐的嘴唇紧紧贴在一起。

姜北心里，有个激动的小人在狂魔乱舞。

终于，两个人在海滩上深情拥吻。

围观的人群看傻眼了。半晌，爆发出阵阵欢呼。

不远处，在姜北和小隐看不到的地方，天使小亚笑着哭了起来。

小亚多么想告诉小隐，这一刻，她看到了姜北身上那根红线忽然闪烁起了微微的光，与小隐紧紧连在一起。

原来，小隐才是姜北命中注定的那个人。

姜北终于知道了爱情的滋味，天使从此留在了人间。

Chapter 9 亲爱的，手机控

“手机控”篇

我叫丁一，人如其名，是个极其简单的人。只要给我一部智能手机、一个充电器，我就能够宅在家里一个月。

没错，我是一个深度“手机控”。晚上睡觉前不刷两小时手机会失眠，早晨不刷半小时手机起不了床，耳朵里不塞耳机走路困难，不拍张照片我就吃不下饭。每天，刷牙的时候、蹲马桶的时候、过马路的时候、乘电梯的时候……我无时无刻不在盯着手机。除了找不到 Wi-Fi 和手机没电，人生没有大事儿。

电量不足 30% 我会心慌气短，双腿发软。我是说真的。

上一次晕倒，是去健身房忘带充电宝，手机意外关机。我心神不安，焦虑，恐慌，时刻担心我的系统更新、游戏升级、电子邮件、淘宝发货速度、此刻的空气指数、今天走了多少步……终于，我感到头晕眼花，“砰”的一声跌倒在地。

从此，我出门可以忘带钱包，但必须检查三遍充电宝。

我有七个充电宝、三个充电器、两部手机，认识我的人都知道，玩手机的时候不能打扰我，否则我会记仇的。

现实中我的朋友很少，事实上，我也不需要朋友。智能时代，机器人可以代替家人，手机可以代替朋友，唯一美中不足的是，我始终找不到一个称心如意的男朋友。

是的，我又被甩了。

所有前任跟我分手的原因都只有一个：我对手机的热爱超过了对他的爱。

他们说："世界上最遥远的距离，是我深情款款地望着你，而你却在玩手机。"

我觉得他们说得很对，所以第四次恋爱，我认真思量，找了郝洋。郝洋也是"手机控"，程度比我轻一点儿而已。刚开始那会儿，我们一起吐槽那些看不惯"手机控"的人，觉得他们老土，可就在前几天，郝洋也跟我提出了分手，理由和前任们没什么差别。

我居然把一个轻度"手机控"惹毛了？

分手那天，郝洋提着行李箱找到我，说要"离家出走"。我想阻止他，可他居然对"手机控"破口大骂，恨不得连"手机控"的十八代祖宗都骂了……

我愣了两秒钟，同意了分手。

然后就被赶了出来。

我在宾馆里度过了昂贵的两个夜晚，痛定思痛：从今以后，再也不找男朋友了。有手机我已经很充实了，何况，我还有心爱的工作。

我是一名移动应用产品经理，设计各种好玩的APP就是我的日常。虽然，现在设计的APP越来越无聊了，连自己都懒得下载，但这阻挡不了我对工作的热爱，能为手机事业添砖加瓦就是我的小确幸。

而今天，办公室的氛围有点儿不对。

徐总板着一张死人脸走了过来，将一份资料扔到我的办公桌上。

“好好反省反省吧！”说完，他转身愤愤地离开了。

什么情况？我打开文件，是新项目的评估报告，评估人落款处签着：Alex。

Alex是我们客户聘请的顾问，美国海归，在业界小有名气，我也算久仰大名。但这个Alex居然把我新研发的电动远程成人用品APP批评得一无是处？

这家伙失恋了吧！那一句句毫不留情的措辞让我心底燃起了一股熊熊怒火，好不容易熬到下班，我直奔健身房。

除了刷手机，我唯一的业余活动就是健身了。其实也不是健身，就是想不出APP创意的时候、心情烦躁的时候，找个地方放空自己。

健身房大多是会员，我懒得关注别人，在“动感单车”上哼哧哼哧甩了半天汗，身心终于爽了那么一点点。

这时，身旁骑单车的男人手机响了，是振动。响了好半天了，他居然跟没听到似的，搞得我强迫症都快出来了。

“喂，你手机响了！”我实在忍不住，恨不得替他接起电话。

他面无表情地看了我一眼，从兜里翻出了手机，接起电话。

忽然，我再也忍不住哈哈大笑起来。

天哪，真是老土。这个男人看上去也就才三十来岁，打扮、相貌也还是可以的，可他居然用的是“砖头”手机？就是那种老年人专用、字母老大的非智能手机……

简直太逗了。我仔细看了他几眼，嗯，别看长得还行，穿的也是品牌货，但浑身上下透着那么一股迂腐的气息。

哈哈，刚才被 Alex 带来的坏心情全被他治愈了。

“喂，你是古代人吧，这手机连我妈都不用……”第一次，我主动跟一个陌生人搭话。

“古代人”白了我一眼，没有理睬。

切，土老帽。横什么横……我讨了个没趣，不甘心，偷拍了他接电话的样子发朋友圈，说自己遇到了个“古代人”。

不到两分钟，50 多个点赞的。啧啧，唯有手机能见证我的超高人气。

“古代人”篇

你有没有一个“手机控”女朋友？

如果没有，那么恭喜你。

我想，自己这辈子打死也不会找个“手机控”谈恋爱的。在我眼里，那些“手机控”根本就不是玩手机，而是在被手机玩。

我叫陈放，是个兴趣广泛的人。我热爱做饭，常常 DIY 各种有趣的物件，喜欢逛各地的美术馆、博物馆，坚持每天运动与健身。

我习惯用最简单的非智能手机，甚至不带手机。在路上、商场、餐厅、电影院，永远能看到无数“手机控”不停地刷着手机。我简直想不明白，如果没有手机，他们的生活是不是就只会发呆？

我身边最严重的“手机控”是个挺漂亮的女孩，她和我办了同一家健身会所的会员，几乎每周我都能看到她。别人在健身，她不是刷手机就是在发呆，虽然脚在单车上，眼睛却永远盯着屏幕。有一次，她在健身房忘记带充电宝，眼瞅着手机没电，居然像个神经病一样狂躁起来，把我的水杯撞倒了都没注意。

本想提醒她一声的，可是，“砰”的一声，她居然昏过去了。

哦，天哪！我确定刚才没有其他任何事情发生，她昏过去真的只是因为没带充电宝而已……本来，我最瞧不上这种被手机“绑架”的年轻人，好像五分钟不看手机就世界大乱一样，偏偏那天来健身的会员特别少，而那个房间又只有我们两个——无奈，我把她送到了医院，付了医药费，然后离开。

她当然不知道我是谁，我猜她对现实世界的人根本没兴趣。从她身上，我看到了找“手机控”当女友的可怕。

果然，她的男朋友用了最烂的一招，提着行李箱到健身房来找她，假装离家出走。男生的目的很明显，想让她放下手机陪自己。那天，我看到了最滑稽的一幕：女孩一手拽住男朋友，心不在焉地说着“你很重要”；另一只手居然还在噼噼啪啪玩手机。

她说，马上我就闯关成功了，宝贝儿你稍等一会儿再离家出走，好不好？

宝贝儿？哈哈哈，我要是那个宝贝儿不敲死她才怪。

果然，他们分手了。

事实证明，“手机控”就不该找对象。

我喜欢观察人。活生生的人，站在你面前的人。我尤其喜欢观察那个女生，经常觉得：简直太欠揍了，哈哈哈。

昨天，她主动跟我说话了，提醒我接电话。其实我是故意的。我很好奇，如果我一直不接电话，她会不会比我先疯掉？不过，我后来实在演不下去了。

“手机控”真的是这世上又可怕又好玩的一种生物。

“手机控”篇

最近真是倒了八辈子霉。

修改的 APP 方案一次比一次被骂得惨，如果我此时意外身亡，徐总一定会拍手叫好的。

然而，下午还有残忍的评估大会。那个可恶的业界权威 Alex 要对我的方案现场评估，集团大老板悉数出席。我不由得有点儿小忐忑，为了防 Alex 下狠手，今早特意化了妆，穿了条拉风的裙子出门，午饭的工夫还去补了个妆。

好歹听说是个三十来岁的年轻男人，只能拼一把，试试美人计了。

但是，我还没来得及挤眉弄眼，已经“死了 800 回”了。

世界这么大，谁能想到客户请来的顾问居然就是健身房那个好死不死的“古代人”呢？连智能手机都不用的家伙，居然就是拥有海外专业背景、参与过一系列大项目的移动互联网专家 Alex！

我感觉心里有千军万马在咆哮。他在报复我之前的嘲笑，这简直是一定的。我拿着产品磕磕巴巴地讲解了五分钟，Alex就不耐烦地打断了我。从用户体验到大数据分析，将我的APP说得一无是处，最后甩下一句：“这种项目没必要再讨论了。”

什么？你确定自己说的是人话吗？

我的心在滴血，然而，这是个没有同情心的世界。客户对Alex简直深信不疑，听完他的评论立马拂袖而去，大老板觉得很没面子也愤愤离去。徐总看我的眼神简直能杀死人：“最多两个月，设计不出一款客户满意的APP，卷铺盖走人！”

我要失业了？

开什么玩笑，我可是全公司最热爱这份工作的人了。我裹了裹风衣，在心里狠狠记住了一个名字：陈放。

是的，就是那个可恶的Alex。

我心灰意冷地走进一家餐厅，没有人知道，今天是我的生日。

当然，知道也没用，根本不会有人在乎我。一晚上，除了商家的会员生日优惠信息，一个活人的消息都没有。

是的，只有这种落魄的时候，我才会停下手中的手机思考一会儿。很快，我发现，自己的确一个朋友都没有，我甚至不知道公司新来的实习生叫什么，也想不起到底有多少次没去参加同事的聚餐了。

我喝着酒，听着火锅沸腾嗞嗞冒油的声音，刷着手机发呆。

忽然，有人撞了我一下。

我的胳膊轻轻一抬，手机就飞了出去。

“扑通！”不偏不倚，竟然掉到了我的小火锅里……当我反应过来把手机从锅底捞出来的时候，屏幕上已经沾着两根金针菇和一片午餐肉。

我在疯掉之前，狠狠抓住了那个撞我的人。然后我抬起头，呆住了。

是郝洋。

他是来报复我的，对不对？

郝洋身边还站着个姑娘。怪不得刚才笑声那么刺耳，原来是这对狗男女，居然这么快就结了新欢。

我抓住郝洋要跟他拼命，他一定是故意的。我猜，每一位前任都希望我“死得很惨”，唯有郝洋付诸了行动。

郝洋在那里一脸无辜，虚伪地道歉，说，原本只想和我打个招呼……

嗯哼？这个打招呼方式很特别啊。“可我想打死你！”

我不由分说跟郝洋打了起来，我在他脸上抓，往他身上踹，骂他身边的狐狸精，总之，我竭尽所能，让自己变成了一个泼妇。郝洋也从起初的抱歉、解释到烦躁，再到跟我对骂。

我感觉眼睛里有什么湿湿的东西要落下来，可是我不能。我用尽了这一生的狼狈，眼看着厌烦不已的郝洋伸手要过来打我——

就在他的拳头过来的时候，被一只手抓住了。

我们都愣了一下。

所有的人都在看好戏，唯独那只手抓住了郝洋。

我转过头，如果不是因为看到的那张脸是陈放，我连嫁给他的心都有了。

我在心里冷笑，今天人好齐，和我有仇的都来了。

“你走吧，她喝醉了。”陈放对郝洋说。

这是什么屁话。我喝醉了？我才喝了不到三瓶而已。可是，郝洋那个孙子居然听话地走了。

过了一分钟，我才反应过来，在身后大喊：郝洋，你这个浑蛋，赔我的手机！

终于，所有伪装的强悍在这一刻都变成了可笑的苟延残喘，我蹲下身子，将头埋进臂弯，哭了起来。

我应该没有哭出声，我只是止不住地颤抖。

这个秋天好冷。

一个“手机控”怎么就被全世界抛弃了呢？我想不明白，“扑通”一声，再次晕了过去。

醒来的时候，眼前的画面有些恍惚，一间温暖的屋子，房间里放着钢琴协奏曲，墙上挂着美丽的水彩画，隐隐约约，还传来了饭菜的香味。

我是回家了吗？

妈妈。我忽然流下泪来。

很快，我想到了另一件事情：我不是挂了吧？这应该不会是天堂吧？

“你醒啦？”

居然是陈放。

我清醒过来，起身打量着他家：两室一厅的格局，书架、老唱片机、投影仪一应俱全……居然处处合我心意。

我猜，他把我拖回家的时候，一定把我当成醉鬼了。事实上，我不过是低血糖。我已经一天没吃东西了，早晨赶方案，中午备讲说，晚上好不容易点了份儿火锅……算了，不说了。我闻着香味去厨房填饱了肚子，忽然看到了几张“招租启事”的打印纸。

“这房子要出租？”

“嗯，隔三岔五地出门，想找个室友。”

“多少钱？”

他愣了一下：“我……不租给你。”

“怕我非礼你？”经过昨夜的折腾，我真把自己当泼妇了。

“不想和‘手机控’合租。”

…………

喊，简直不可理喻。

“我的手机呢？”我忽然喊起来。

陈放随手一指，桌子上，手机只剩下一具“尸体”了。

我立马咧开嘴，打算为它奔个丧，哭一哭。忽然，一部新手机递到了我的手上。

嗯？我眼睛一亮。

“送你当生日礼物吧。”

我吓了一跳：“你怎么知道我的生日？”

“帮你结账的时候，店员说会员生日打五折。”

我有点儿蒙，送这么昂贵的大礼，不是对我图谋不轨吧？

“我可是个好姑娘。”我赶紧说。

“不要算了。”

在他收回手机之前，我一把抓了过来。陈放白了我一眼，打开一个抽屉：“还是你自己挑一部吧。”

我愣住了。抽屉里，满满当当，全是各式各样的智能手机。我简直怀疑陈放的副业是个手机贩子。

“客户送的，我用不着。”陈放轻描淡写地说。

“别想用一部手机就收买我对你的敌意，你可害我差点儿失业。”

“你那种没头脑的方案，别怪我没提醒你，下次我看见还毙。”

我腿一软。

“你砸我饭碗，我就赖在你家！”

陈放冷笑了一声，摔门而出。

嗯？居然敢无视我？“古代人渣！”

“古代人”篇

原来这女孩就是丁一。

我记得这个名字，之前帮客户评估方案，一个叫丁一的策划案简直惨不忍睹，没想到就是她。

我挺讨厌“手机控”的，但也奇怪，好像并不讨厌她，或许她实在太“二”了吧。自从知道我要出租房间，她一天三遍地给我打电话：“救命啊，我都住半个月宾馆了，中介信息都是卖家秀和买家秀……”

她从早到晚地软磨硬泡，就差喊我干爹了。

租给丁一并非不可以，但也不知道为什么，就是想逗逗她。

“想租房子可以，先戒掉手机瘾。看见别人不停刷手机会影响我的心情。”

“想评估通过也可以，先戒掉手机瘾。你这种状态根本没法好好思考。”

丁一听完，委屈得眼泪都快掉下来了，她走来走去，最终心一横说：戒。

第二天，她就死皮赖脸地搬了家。

我一直以为，戒手机需要的是忍耐力。但丁一用行动告诉我，戒手机需要付出“生命的代价”。

为了怕控制力不够，她采用的方法简单粗暴：关机。结果闹钟也关了，我根本喊不醒她，迟到成了家常便饭。而且没了日常提醒，她脑子跟断片儿似的，总不记得接下来该干什么，每次出去开会老板都联系不到她，差点儿报了警。

后来她不敢关机了，改成静音。

晚上一回家，她就把手机往我手里一扔，然后愣愣地站在那儿，一动不动。

我说，你干吗呢？

她半天才缓缓转过头：“什么？”

简直跟个小痴呆一样。我看着想笑，又觉得有点儿可怜。之前她玩游戏的时候斗志昂扬，激情豪迈，没想到安静下来成了这个样子。

静如瘫痪，动如癫痫——说的就是丁一放下手机和拿起手机的两种状态。

因为戒手机，她开始彻夜失眠，第一次看到她大半夜在屋里游荡，我还以为是梦游。

她问我："陈老师，你究竟是如何做到不玩手机活到现在的？"

我翻了个白眼，随口说："很简单啊，用脑子记，纸、笔也可以……"

可惜，我低估了她白痴的程度。两天下来，她连纸和笔都弄丢了，像个僵尸一样蓬头垢面地出现在我的面前。

为了不至于让丁一"暴毙"在我家，我决定想点儿其他办法帮她。

"手机控"篇

搬家后才知道，陈放简直是一本智能百科全书。

许多次，我为自己想到了一个绝妙的APP创意兴奋不已，陈放却直接泼冷水："这个国外三年前就有了""我之前就否定过同款软件""这个最大的问题是……"

我目瞪口呆，就APP而言，自己这个"手机控"在"古代人"

面前根本就是个菜瓜。

陈放总爱板着张脸，他以为我戒手机是被他逼的，但才不是呢。

我是为了自己。

那天被郝洋抛弃在火锅店，我蹲下身子，心里想：好惨啊丁一，你怎么混成今天这样了呢？

小时候，我并不是这样的。我生性开朗，人缘极佳，最爱跟着妈妈一起晨跑。后来，父母开始做生意，他们变得越来越忙。为了让我一个人在家待得住，他们为我换了大电视，买了当时最好的电脑，再后来，手机、iPad……

我的生活永远在一种屏幕和另一种屏幕之间切换。

15 岁那年，父亲有了小三，和母亲离婚了。妈妈临走前塞给我一部手机，说是以后想我了会打电话。我一天到晚抱着那部手机，生怕妈妈来电话的时候自己没听到。可是，从 15 岁到今天 25 岁的 10 年，我没有接到妈妈的一个电话。我根本想不明白，为什么妈妈可以这么狠心，连一个电话都不给我打。

我更恨我的父亲，和他之间的话越来越少。在家的时候不是玩手机就是玩 iPad，高中我就开始寄宿了。为了远离父亲，大学我考到了远离家乡的城市。

不知从什么时候开始，我变成了一个“手机控”。不爱跟人说话，哪怕同事来聊天，我都是一副“快给我滚开，别挡我 Wi-Fi”的表情，我的朋友越来越少，和手机相处得越来越多。

郝洋走之前说了一句话，他说，丁一，别以为自己被甩了委屈。你看看现在的自己，和当年你那个一天到晚跟你妈妈说话不超过三句的爸爸有什么不同？

是那句话让我哭得颤抖起来。

他说得对，我终于一点点变成了自己最讨厌的人。那一刻，我心底第一次生出了戒手机的想法。

可是，戒手机对我来说真的生不如死。

陈放每天监督我，告诫我玩手机的时间不许超过半小时，否则就要加房租。他还动手改良了我的手机，每次一按淘宝，手机就会喊："剁手剁手！"一按陌陌，手机又喊："犯花痴吗，小心约出'恐龙'！"

半个月下来，我做梦都是别人抢我的手机，甚至有时候出现幻听，总觉得有手机在响。有一天下班，忽然下起倾盆大雨，全公司的同事都堵在门口，手机噼里啪啦响个不停。每一次，我听到别人的手机响，就感觉脑袋"嗡"的一下，可半个小时过去了，大雨却丝毫没有停下来的意思。离开了手机，我发现自己打车都不会了，眼看着同事一个个离开，我傻傻地站在屋檐下，委屈与无助在心底膨胀。

终于，我大喊一声："再也不要戒手机了，根本不是人干的！"我打开手机打车回家，当晚怒刷手机至凌晨，第二天五点就醒来，如狼似虎地狂刷了两个小时的手机，结果猛地下床时，“扑通”一声，晕倒在地。

我又入院了。

醒来，陈放坐在床边，我忽然有些气馁。

“是我想得太简单了，对不起。”

我愣了一下，陈放居然向我道歉？

他递过来一张纸，说是为我量身定制的新版戒手机攻略。

我看了一眼：“嗯，终于有点儿人性了。”

“之前的确太简单粗暴了。”

“就是，人家戒个烟还有茶和糖缓冲呢。”

“我也没想到你这么吓人，戒个手机跟戒毒似的……”

呸。不经夸的家伙。

新方案和从前的最大区别是，我终于有了“陪戒”。每天下班，陈放就来接我。不过，他生怕公司误会他对我“潜规则”似的，非要把车停在大老远的拐角让我走过去。

有时候我们一起去吃饭，前提是餐厅都由他来定，菜也全由他来点；有时候我们去打球，但他只陪我打自己喜欢的乒乓球和网球，我热衷的羽毛球和台球他根本不屑；有时候我们去看电影，但他坚决不看小情小爱的片子，有时候是好莱坞动作片，有时候是悬疑惊悚片，害得我不是睡过去就是吓得叫起来……

最烦的还是周末，陈放总喊我去博物馆。今天去军事博物馆，明天去自然博物馆，要不然就是美术馆、图书馆……简直像个小老头。嗯，还是“古代人”更合适。

在“古代人”的陪同下，我对手机的依赖一点点少了下来。已经开始和同事聊天，偶尔也参加个聚会什么的。

上个星期，陈放说要去度周末。听闻他对我的APP很有想法的样子，我死皮赖脸地跟了去，目的是套点儿干货，保住饭碗。

我的方案又被驳回两遍了，再这么下去只能等死了。

万万没想到，别人度假都去旅游景点，陈放这个奇葩也不知带我来了个什么鬼地方，居然连信号都时有时无。

我拿着手机东跑跑西转转，遍地找信号，“一夜回到公元前”。

如果不是尚有理智，我真怀疑自己穿越到哪个朝代了。原生态的起居作息，四面不见Wi-Fi的深山老林，我感觉心慌气短，没有安全感，夜里辗转难眠：我的邮件、朋友圈、股票……前天网购的高脚杯该到了吧，昨天还有部线上漫画没看完呢，一直在追的日剧该更新了。哎呀，大家联系不到我要急哭了吧……

越想越难安，简直片刻都待不下去，趁着“古代人”熟睡，我起身逃跑。

但因为没有导航，没多久我就在林间迷路了，靠着直觉硬闯了一会儿，我的脚一滑，差点儿跌落山崖，手机摔坏了，膝盖也磕破了。

我被卡在半山腰，叫天天不应，喊地地不灵，脑海里只剩下三个字：死定了。

隐隐约约，我听到了远处可怕的动物叫声，难道是狼？野猪？大象？我的脑子混乱一团，把自己这25年匆匆回首了一遍，真惨，除了玩手机好像没干过什么有意义的事儿，也没什么舍不得的密友和恋人，只有一个让我等了10年的妈妈。我热泪横流，拿着手机写遗嘱：妈妈，对不起，我爱你。我的银行密码是……今生等不到您了，来世再给您做女儿！

写完遗嘱，我终于安静下来，眼皮睁不开，蜷缩着迷迷糊糊睡了过去。梦里，一群野人拿着火把追自己，他们大喊着我的名字，眼看就要扑上来。

我猛地惊醒。

居然是陈放在喊我的名字。算他有点儿良心，大半夜出来找我了。我见陈放如见亲妈，一头扑进他怀里，鼻涕眼泪甩了他一身。

好暖和的怀抱啊。比起冷冰冰的手机，此刻陈放身上的温度让我号啕大哭起来。

再也不想做个孤独的“手机控”了。我边哭边想。

“古代人”篇

还好，丁一没出什么事，找她的路上感觉自己的心扑通扑通，快被吓死了。

我把丁一背回了住的地方，她从此像是变了一个人。不再时刻惦记手机，跟着我游山玩水做“隐者”，放声聊天，开怀大笑，摆了各种姿势让我拍照。

有一刻，我握着相机在镜头前呆住了，怎么感觉这家伙越来越好看了呢?

离开山野的最后一晚，我带她去了山顶。

这是小时候和爸爸常来的地方。我十几岁就出国了，和父母亲昵的时光不多，而这里承载了我最温暖的少年记忆。我曾想，将来有一天，要带心爱的女孩来这里。

夜色很美，月亮很大。为了彼此不尴尬，我们玩起了一个童年的游戏——石头剪刀布，并规定谁输了就要爆一件糗事。

那天晚上，丁一一直输，到后来我忍不住好奇，她怎么有那么多糗事可以爆?

她说，大学时第一次谈恋爱，因为老玩手机，男朋友有了新欢。分手的那天毫无预兆，她买了两份肯德基套餐去找男友，对方刚出教室，她隔着一条马路和男友招手，结果这时有个女孩过来挽住男朋友的胳膊，然后自己的手机响了，是男友发的：我们分手吧。

男朋友就站在她的对面，仿佛特意为了取笑她这个手机控似的，连分手也用手机交代。那会儿，她刚要过马路，前几天下了雪，路有点儿滑，她边走边盯着屏幕上的那几个字，结果哧溜摔了出去——手里的汉堡、可乐、薯条漫天飞舞，撒了满地。她的惨烈分手现场后来被一个校园漫画家画成了漫画，成了全校的笑话。头一个月，她走到哪里都被指指点点。她就是那时候决定做APP研发的，因为不服气，想证明玩手机并不一定就没出息……

“后来真的干了这一行，却忘了自己的初衷……”丁一自嘲地笑笑，“最讨厌就是过生日、过节、过年。‘手机控’的孤单会在这种热闹的氛围里无限放大。15岁之后我就没过过生日了，节假日永远只有群发的消息……”

不知道是不是累了，很快，她靠在我的肩膀上睡着了。

看着她熟睡的样子，我发了半天呆，忽然情不自禁地吻了她的额头。

我吓了一跳。这是怎么了？

是的，我一直不肯承认，自己喜欢上她了。否则我就不会陪她戒手机，就不会假装旅行带她来度假，其实不过是想换个环境刺激她的灵感。

至少，我的工作方式是这样。事实上，丁一比我想象中的聪明得多,回去后就设计出了一款“交换生活”的全新 APP。“足不出户，感受这个世界上的另一个我。”我稍微指出几点问题，方案顺利通过，她从公司“挨白眼的”一下变成了红人。

此时，我也开始酝酿自己人生中的第一场表白。

我有点儿紧张，生怕出现什么差池，制定了一套缜密的表白流程,将时间、动作、对白、丁一的反应等都做了预测,甚至画了图纸。理工男的逻辑好像就是这么枯燥，以防万一吧。

我做了许多种准备，想了无数种可能，唯独没有想到，当我刚按照“剧本”说了一句，丁一就告诉我:“郝洋来找我复合了。”

我愣在那里:“啊——哦——恭喜，真是太好了！”

为了掩饰自己的尴尬，我一反常态地笑着，假装替她高兴，然后急忙躲进了屋里。

接下来几天,我和她说话的语气都不咸不淡:“嗯”“好”“随便”。

我吃醋了。我难过了。我生自己的气。明明想的是，不好，可说出来总是“OK”“没问题”。很快，郝洋为丁一找到了新住处，搬了出去。

晚上，我在她空荡荡的屋子里坐了半天，仿佛一小时前，她还在冲我咋咋呼呼:“我的手机呢！”“这个 APP 创意够不够牛？”“古代人，快来看我玩游戏……”

一眨眼的工夫,什么都没了。她的声音仿佛被屋子吸收了一样，不停地回响在耳畔。

我有些迷茫，收拾了行囊，出门去旅行。

现在唯一能做的，大概就是忘了她吧。

“手机控”篇

山顶的时候，第一次发现，居然这么久没有敞开心扉了。

迷迷糊糊中,陈放好像亲了我。是我的错觉吗?接下来的几天，我在等待他的表白，然而，等来的是郝洋。

也不知道郝洋是不是吃错药了，居然买了部手机来找我求复合。

早干吗去了。我的第一反应是，一定是看到现在我成了公司的大红人，将来前途无量，他又看好我了。哼，老子才不吃这一套。

我对陈放说:“郝洋来找我复合了。”

我想，如果陈放哪怕有一丝喜欢我的话，此时应该会紧张吧，会不乐意吧，会说郝洋的坏话吧?

可是，完全没有。他在愣了一会儿之后，笑得比我还开心。他一晚上嘻嘻哈哈，然后就不怎么理我了。

也是。陈放或许早就厌烦我了。后来跟他说话，他总是嗯嗯啊啊，我于是自尊心上来，说:“郝洋帮我找到房子了。”

原本我希望陈放拦住我的。可这个家伙不知道是死心眼还是真的讨厌我，居然哦了一声，就开始默默帮我收拾行李。

可自己说的搬家,哭着也要走出这个屋子。真是哑巴吃黄连了。

我当然没有和郝洋复合，好马不吃回头草。我租了套一居室，没事儿的时候做做饭、打打球，周末去电影院看大片，甚至偶尔去博物馆……

一个星期下来我惊呆了。我过的不是陈放的日子吗？甚至做饭的时候,我习惯性地“不放葱花”“不要香菜”“多放姜”“少油盐”，统统也是陈放的习惯……

原来，我早已被某个人“更新了身心系统”。

原来，爱你就会变成你。

有时候我想起陈放，和他吵架的样子、他一脸傲娇的样子、对我一脸嫌弃的样子，居然会忍不住笑起来。

可是，那个浑蛋并不喜欢自己呀。

为了忘记他,我一门心思投入新的 APP 开发中,经过反复折腾，终于设计出了一款叫“偷偷爱你”的表白软件。

每天，都有无数人匿名来表白，除了留言、日志，软件特意结合了声音处理功能，即使用户语音表白，也不会被“声音出卖”。

很快，便是跨年夜。我在客厅里给自己倒了酒，举起酒杯。

“陈放，新年快乐。”我自言自语。

记得在山顶时，我曾对他说，这一年最开心与最低落的时候都是和他一起过的，跨年时一定要喝一杯。

可是，那个连朋友圈都不用的人，现在在哪儿呢？

搬家后我没有联系他，他似乎也没再想起我。我打开“偷偷爱你”APP，无聊地一条一条听大家的表白，突然，我愣住了。

“有个女孩曾说，跨年时要一起喝一杯。不知道她是否还记得，只想对她说一句：‘新年快乐！’”

是陈放！

我终于再也忍不住了，跑去敲陈放家的门。

开门的却是个陌生人，说陈放出国了，房子租给他暂住。我有些失落，对方忽然说：“你是丁一吧？”

我愣了一下，被他带进了房间。

“抬头。”他说。

我差点儿哭出来。我住过的屋顶的天花板上，竟然装满了各式可爱的小灯，深夜打开那些灯，就像是一片美丽的星空。

那明明是在山顶时我对陈放说过的愿望啊。“将来有一天，等我老了，爬不动山了，真希望也能住在这样一间一抬头就看到星空的屋子里……”

陈放，总有一天我要找到你。

每个周末，我都会去博物馆，从军事博物馆到美术馆，曾经错过的陈放，我想一点点补回来。

很快，我几乎走遍了这座城市的每一座博物馆。

这天，在自然博物馆，一群小朋友正在老师的带领下参观恐龙化石。人群走过，我忽然发现对面有个熟悉的身影。

那个身影也看到了我，停了下来。

人群散开，我们相对而站。良久，同时笑了起来。

“好久不见，古代人。”

“好久不见，手机控。”

其实我想告诉他，从前的那个“手机控”已经消失了。但是，天哪，我居然眼睁睁看着陈放从口袋里掏出一部智能手机。

然后，他对着自己和我抓了张自拍，说：“这是我人生中的第一条朋友圈。”

Chapter 10 乒乓少女

01

“你，专往天上挥球那个，出局！”

“你，打乒乓球跟切菜似的那个，也出局！”

“戴绿帽子的，捡球捡半小时了咋还不从地上爬起来呢，出局！”

“那个爆炸头，要是比发型你准赢，现在是比球，有多远给我滚多远……”

这是F大学的“新生杯”乒乓球赛，我潜伏在人群中，欢乐地看着一个凶巴巴的女生数落大家，骂得还真像那么回事儿。

半天，我才搞清楚，她就是学校乒乓球协会的会长颜沁，省队退役的体育特招生，绰号“母夜叉”。此刻，颜沁正一个球台一个球台地转，要把那些“滥竽充数”的选手赶出去。

遗憾的是，今天来参加比赛的，90%都是废物。

嗯？你问我是谁？我彭灿灿打球可是专业级别的，父亲、母亲都是家乡的乒乓球教练，徒弟里面既有天才选手，也有日后的全国冠军。我小学就在“向阳杯”全国少儿乒乓球赛中拿亚军了，多少专业队向我招手，我统统不稀罕。要知道，我的理想可是当一名正义的记者，现在就读的是新闻专业大一。

所以，乒乓球协会？见鬼去吧。

不过，那些傻乎乎的新生大概不这么想。据说乒协在学校里号称“第一社团”，以“人才济济”为名。他们的做派也非常傲娇，每年只从“新生杯”比赛中选取男女生的前五名入会。可依我看，前五名也是来搞笑的吧？

参加这次比赛，是死党孔励给我报的名。看大家打了 10 分钟球，我就有点儿懊悔，参加这种比赛对自己简直是一种侮辱：场上，大部分新生勉强能打几个来回，有的发球都不过网，有的一着急就用手抓球、踢球，有的情急之下把球拍挥天上去了……

你说，有什么好比的？

02

我正在心里冷笑，手机响了。是孔励。

“亲祖宗，比赛都过 10 分钟了，你怎么还没来？”

孔励七岁和我一起学乒乓球，我们中学在一个班，大学在一个学校，我喊他哥们儿，他喊我姐们儿，反正绝对不来电就是了。

千万不要以为孔励有多热爱乒乓球，其实他就是来泡妞的。

从小到大，孔励所有的动力都是漂亮女生。小时候他学习好，因为大家小时候傻，觉得谁学习好谁就有魅力；大一点儿苦练乒乓球，也不过是想冲美眉炫球技；后来为了把妹，他甚至玩起了吉他和魔术。

这次生拉硬拽地把我喊来，就是想让我帮他做掩护。据说我们这届新生有个叫卢苇的，一入学就惊艳了全校。孔励想泡她？哈哈，一想到孔励凄惨被拒绝的样子，我就开心，所以，为了目睹孔励的狼狈，我才来比赛的。

被孔励一催，才发现忘了正事儿。我以百米冲刺的速度冲了过去，一头撞到了一个人身上。

“这都几点了，你怎么不比完了再来？”

嗯？居然在和我说话？我抬起头，忽然笑了起来，这不是所谓的“校草”涂肖然吗？刚才混在人群中听到最多的名字就是他，乒协副会长，被誉为F大学乒乓球界的“流川枫”。为什么场上有这么多乒乓球白痴妹妹来比赛，全是冲着他来的。

我凑近看了一眼：“嗯，确实挺帅的。”涂肖然一愣，怔怔的不说话了。

“穿着泡泡裙就来了，妹妹，你真是来打球的吗？”

你妹的，这个凶巴巴的女声又是谁？

“马上五强赛了，如果没有前五名的实力就不用浪费时间了。”那个死女人补充道。我回过头，原来是“母夜叉”颜沁。

“前五名算什么……”我不屑。

孔励急忙给我使眼色，冲她解释：“彭灿灿打球很厉害的，身体协调性特别好，家传的……”

按照规则，迟到10分钟就算弃权。颜沁、涂肖然似乎在考虑放弃我。忽然，他们的目光都落在了我手中的球拍上。

我低头，在心里笑了起来。

环顾四周，来比赛的学生拿的基本都是普通的拍子，好一点儿的是红双喜，还有不少山寨拍。我手上的，虽然是只成品拍，但那可是双面反胶的蝴蝶张继科横拍。

舍得买蝴蝶拍的，应该对打球多少有几分真爱吧？他们不会不懂这一点。

终于，颜沁开口了，她指着五强最后争夺战的一个女生：“能打赢她你就参赛，打不赢赶紧走。”

这算什么？我的脾气也上来了，指指五强赛另一名男生：“我就不欺负女生了，打那个男生，如果打不到11∶0我就离开这儿。”

所有人一愣。

嘁，姐姐我可是专业耍酷18年。

此时，最后进入男、女五强的选手已决出了胜负。被我指到的男生恰好是第五名，叫齐勤。

我活动了一下颈部和腰部，又压了压腿，径直跑到齐勤面前，一个超大幅度鞠躬，起身大声说："帅哥，对不住了！"

齐勤没反应过来是什么情况。三秒钟后，只听颜沁拿起话筒对现场观众喊：彭灿灿因为迟到，甘愿接受挑战，主动提出要以 11∶0打赢齐勤拿下一局。

大家都愣住了，很快，爆发出无数看热闹不嫌事儿大的欢呼声。

我抢过话筒："不是 11∶0拿下一局，是拿下三局，五局三胜，规矩我懂。"

场下一片掌声雷动。我差点儿再次鞠个躬，说句"谢谢大家"。

跟齐勤也是初次见面，心里有点儿小小不忍。但大话已经说出去了，我一狠心，拿起拍子噼里啪啦一通攻击，很快，第一局就以 11∶0把他打得"体无完肤"。

看台上，一群"北方的狼"挥着大旗号叫。齐勤不甘心，第二局奋起直追。抱歉，姐姐我打球素来以"稳狠准"闻名，无论正手、反手、平挡还是远台对拉，都不会被你们这些业余的看出破绽，所以，随着一个反手扣杀，我再次以 11∶0打赢了对方。

很快，三局搞定。现场燃爆，我吐了个舌头冲齐勤嘿嘿一笑，心里十万个不好意思。

后来我才知道，这场不留情面的比赛后，我多了个称号：“不但可以卖萌，更能分分钟打哭你的能量全开元气少女。”而齐勤则异常惨烈，军训那几天追了个女生眼看就要追到手，因为这一场丢人的比赛，对方居然和他说拜拜了。

所以后来每次看见齐勤，我就觉得对不住他，听见哪个女孩想找对象，恨不得把齐勤带到她面前。

03

对我而言，赢了这种业余选手丝毫没什么值得骄傲的。我一路杀进决赛，有点儿意外的是，跟我进行最后对决的，居然就是孔励暗恋的卢苇。

我一下子就乐了，眼光可以嘛。

“哎呀，长这么漂亮打什么乒乓球啊。”我看着卢苇，像只小色狼。

可惜，卢苇居然不理我！

我碰了一鼻子灰，撇了撇嘴，准备在球台上好好报复她一通。但是，刚打了两个球我就愣住了。居然是左手握拍？

对于习惯了打右手的人来说，碰到“左撇子”对抗十分吃力，因此常有专业选手特意训练左手打球。卢苇应该不会就是这么一个“假左手”吧？我有点儿蒙，这帮“废物兵”里居然有比我还专业的？打死都不信。

而且，卢苇明明长了一张小龙女的脸，打起球来却一副“灭绝师太”的表情，加之她的打法是杀气腾腾的近台快攻，那架势根本不像是来打球的，简直就像来复仇的。

姐姐，我招你惹你了？我暗暗郁闷。

不过，很快我就开心了，因为我听到了大家的议论声。

“吓死我了，这校花要是娶回去估计有家暴倾向吧？”

“你说，卢苇一个外语系的打球怎么这么吓人，有什么想不开的……”

哈哈，看样子，几场球下来，跃跃欲试想追她的男生少了一半。

我才没有那么傻，我穿着粉色泡泡裙，动作轻盈婀娜，稍微需要动作幅度大一点儿的球就干脆放过。反正凭我的实力也差不到哪里去，看台上男观众那么多，嗯，形象最重要。

脑海里正在设计自己发球的姿势，结果一声哨响——我居然输了？

什么时候比完了三局球的，节奏完全不对啊！

那一瞬间我的眼泪差点儿冒出来。我的确瞧不上乒协，可是被打败了怎么行？我彭灿灿横扫华东地区校园女乒好歹也有一段时间了，这简直太丢人了。

不远处，孔励在替卢苇呐喊着、欢呼着，孔励你大爷！

“刚才比赛没尽全力吧？”是涂肖然，他浅笑着。

不是传说涂肖然是个冷面帅哥吗，笑什么笑？我白了他一眼，没说话，自己刚才多嚣张，这会儿就有多悲凉。可是，孔励非要往我伤口上撒盐。按照惯例，迎新赛有花样乒乓表演，本来安排的是涂肖然和颜沁对打双球。两个人同时对战两个球，精彩不言而喻，观众的眼睛根本跟不上……

原本比赛可以完美谢幕了，偏偏，孔励忽然举起了手。

去死吧孔励。我仰天长叹。

“大家好，我叫孔励，孔令辉的孔、王励勤的励。下面我也献个丑，和老搭档彭灿灿表演花样乒乓。”

就知道孔励不会放过自己。以前在高中，每次孔励想表现自己都要拉上我垫着，认识他后，我充分明白了什么叫“朋友就是用来出卖的”。

无奈，我只好再次上场陪他耍帅。我们正常打了两个来回，忽然跑起圈来，围绕球台大换位。不一会儿，孔励“马龙上身”，坐在地上打、跳到桌子上打，他本打算放个大绝招：翻个跟头再接球。结果脚一滑，直接一屁股摔倒在地……

我终于笑了起来，活该。

孔励“一屁股成名”，成为乒协尽人皆知的一股“泥石流”。

04

由于我的半路杀出，今年乒协决定破例招收 11 人，还好还好，否则齐勤可能会杀了我。

晚上还有乒协的迎新会，我压根儿没打算去。但孔励早就料到了这一点，在我楼下围追堵截，硬是把我拉了去。

新老会员一幅其乐融融的画面，切，虚伪。颜沁在介绍乒协的成绩，我一个字儿也没听进去，桌子上的零食和可乐吃得比谁都快。

扑哧一声，忽然有人笑出了声，直觉告诉我，那个声音是嘲笑我的。我循声望去，居然又是涂肖然。

我狠狠地瞪了他一眼。没想到，他居然把自己面前的零食都递给了我。嗯？表现还不赖，不跟你计较了。

“大家为什么来乒协？”颜沁啰唆完毕，开始提问时间。

“为了某某某。”孔励抢答，然后看着卢苇。

我在心里冷笑，卢苇也不知在发什么呆，压根儿没看他一眼。

“我是被他骗来的。”怕孔励太尴尬，我接着答。

“我从小喜欢乒乓球……”

“听说团队里帅哥美女多……”

…………

“我想拿全国冠军，这是大学四年唯一的心愿。”

我一口饮料差点儿喷出来，这是谁吃错药了？

我扭头，发现孔励被吓得一根鱼刺卡在喉咙里。哈哈哈，他肯定也吓死了吧，因为说这话的正是他的梦中情人卢苇。

不得不承认，卢苇确实长得出尘脱俗，丽质天成，可这志向也太神经病了吧？我在心里偷着乐，孔励打球纯粹是被球迷爸爸逼的，估计他现在撞墙的心都有了，女神居然要拿冠军？

更令孔励崩溃的是，卢苇居然不是在开玩笑。

别的美女约会、看电影、逛街、做面膜，卢苇就在宿舍、教室、体育馆三点一线之间枯燥地往返；别的美女看时尚杂志，将模特的喷血身材贴在墙上，为了马甲线而奋斗不息，卢苇却只知道买《乒乓世界》，一个人悄无声息地翻完每一篇文章……

在此之前，我一直觉得校花就应该胸大无脑，每天只负责貌美如花，自从遇到了卢苇，感觉三观都被刷新了。

孔励快哭出来了，卢苇究竟有什么想不开的？

尽管如此，依然挡不住大家表白的步伐，什么富二代、学霸，都轮流去表白过了，但几乎都是哭着回来的。

据说，卢苇对表白的反应通常有两种，一种是冷若冰霜来一句：

“你有病吧？”

另一种是拿起球拍直愣愣地看着你，直到看得你浑身发毛，吓得撒腿就跑。

卢苇从此有了一个新外号：球疯子。

孔励不信邪，特意穿了身洒脱帅气的运动服，拿了只乒乓球拍去找卢苇表白。

果然，卢苇的表情有了那么一点点不同。

她说：“除非你拿全国冠军。”

“全国冠军？”我狂笑不止，“这是她拒绝你的方式，笨蛋。”

“这是她激发我斗志呢。”

孔励嘴上不服软，眼底的沮丧却显而易见。

进入乒协后，会员内部打过一场“循环赛”。我们都和涂肖然交过手，本以为上次两球之差输给卢苇已经是我的最差成绩了，但和涂肖然打，我输得那叫一个惨，后来我拼命一搏想扳回一局，结果众目睽睽之下直接摔倒。

欲哭无泪。感觉这辈子打球的傲娇都在这两天消耗殆尽。

那天，涂肖然一反平日的冷若冰霜，在一旁安慰我：“别哭了彭灿灿，你今天的颜值和发型赢了，行不行？”

“不行。”

“那你说怎么办？”

“我饿了……”

涂肖然扑哧笑了，带着我去吃东西。

不过，打起球来神一样的涂肖然，在全国大学生乒乓球锦标赛上只得了第七名。

“涂肖然才第七，我应该只能拿 77 名吧？”孔励冲着我叨叨。

“想不开就去跳河呀。”我幸灾乐祸。

“你们的目标，就是在明年的全国锦标赛上夺冠！”颜沁忽然冲大家一本正经道。这下，我也打算跳河了。

疯了，真是疯了，有谁考大学是为了拿乒乓球冠军的？要拿冠军我小学就该行动了。可颜沁说得跟真事儿一样，为了团队，她甚至放弃了比赛，专心给大家做教练。

“好恐怖哦。”我托着腮帮子发愁。

“确实太变态了。”孔励在一旁小声抱怨。

一个个搞得好像是国家队明天要去打奥运会似的，可彭灿灿我来到 F 大的原因，明明是因为 F 市的小吃著名啊！

非常头大，回到宿舍我就睡了个昏天暗地。

05

一步错，步步错。加入乒乓球协会这件事，我悔得肠子都青了。

本来以为入会之后就是形式主义了，可无穷无尽的比赛让我彻底傻了眼。首先是10月的全市大学生乒乓球对抗赛。F市共有六所大学，我们学校作为今年的东道主，王校长亲自到乒协了解情况，问大家有没有信心拿冠军。

又是冠军？

我感觉浑身冒冷汗。可有什么办法呢，碰上个校长都是乒乓球迷，我有勇气跟他对着干吗？显然没有。那个可恶的颜沁，还对校长重点介绍了我和卢苇，说是新生里的好苗子……什么乱七八糟的，都快20岁的人了，说的话跟小时候教练说的一模一样。

姐姐才不爱陪你玩呢。

颜沁总拿我和卢苇比，说我的身体感觉和手上的感觉是最好的，可就是不如人家努力……那个涂肖然也不省心，一天到晚地喊我练球。

我觉得，自己如果有一天不小心挂了，就是被这帮人吓死的。

虽然心里十万个不情愿，但毕竟要在F大混四年。想到校长那张笑眯眯的脸，我经常一个噩梦惊醒，懒觉不敢睡了，跟着大家往球馆跑。

孔励可以做证，我高考的时候都没这么努力，基本功练习一天做三组，衣服每天跟被雨浇了似的，还莫名其妙地被安排和卢苇双打。

大家的双打基础几乎为零，什么“穿插跑位”“左右让位”一窍不通，动不动就撞到一起。最可怜的是卢苇，由于我的“不拘小节”，经常一不小心就踩到她脚上去了、抡到她脸上去了……她脾气也真够好的，就扔下一句话：“比赛的时候拿出成绩就好。”

这不是变相逼着我跟她一起玩命吗？

好在，我还不是最惨的，孔励那个白痴，一激动差点儿把涂肖然的手给打残了。我在一旁看得心惊胆战，生怕孔励会被半个学校的女生乱棒打死。

作为会长，颜沁显然比我们还拼，大半夜吃着薯条熬夜看视频，从国家队到日、韩、德、新加坡……一个星期后，她体重飙升五斤，终于摸出点儿门道。

在这样的高强度下，拿下市大学生对抗赛几乎不费吹灰之力。卢苇、涂肖然的迷弟、迷妹们争先恐后地来当啦啦队，其他高校一来就傻眼了：F市居然还有对乒乓球这么有热情的高校？

当然，乒协的威名也不是吹的，我们几个一亮相，首先在颜值上就把大家碾轧下去了。毫不夸张地说，一轮比赛下来，我们除了收获奖杯，还收获了一沓外校追求者。

为了一雪前耻，女单比赛时我外挂全开。尽管卢苇很努力，可是我稍微一用力就显示出了“王者风范”，夺冠的过程可以用一首歌来形容：无敌是多么，多么寂寞……

我、卢苇、涂肖然、孔励横扫了男女单打、双打的冠军，成了F大学的英雄。王校长再看我们的眼神都不一样了，以前像是来视察慰问的，现在就是粉丝来见偶像的。而且，比赛之后我走在校园小路上，那回头率可不要太高。

我戴着精致的小墨镜，假装不在意别人的眼神、议论的声音，其实可享受着呢。

毕竟，打球虽然是被逼的，但当偶像我十分在行。卢苇和涂肖然对别人视而不见，我恨不得和大家挥挥手。

06

我和卢苇最大的不同，就是她“自虐”倾向严重，而我争分夺秒地享受生活。

成为F大的乒坛偶像之后，我决定好好休息一下：F市的小吃挨个儿吃一遍，一天吃五顿，该睡的懒觉必须睡，醒了也得趴床上赖着……

涂肖然一天给我打三遍电话，我不是在睡觉就是吃夜宵。他在电话里严肃地说："你有没有集体责任感，不知道下个月还有省大学生运动会乒乓球项目吗？"

我本来正在床上懒洋洋地看言情小说，听他说完一屁股就坐起来了，由于太急，头直接撞到了上铺的床板上，眼泪立刻就掉了下来。

"我不知道啊，我哪儿知道啊，乒协都是不是人啊……"

涂肖然吓了一跳，以为是自己刚才太凶把我吓哭了，其实真的是太疼了。涂肖然缓和了一下语气，说，大家最看好的就是你，别急……

我一听，哭得更厉害了。谁要你们看好我啊，我明明就是不学无术，烂泥糊不上墙，为什么每个努力的人都要拉上我……

无比委屈地挂了电话，想退出乒协的念头在那一刻生了出来。

从小到大，我一路被父母、老师逼着参加各种比赛。我拼命拿名次，努力考大学，目的只是为了有一天再也不需要这样。

最好，这辈子都不打比赛了。

只有我自己知道，我的基础好，全因为我有一对严厉的父母。

没错，我的傲娇、天才姿态都是装的。人人都说我天赋好，可我觉得天赋就是狗屁。从小到大，别人放了学写作业、休息、玩游戏，我放了学打球、写作业、再打球、预习功课……

现在，谁也别想阻止我吃喝玩乐，谁劝我努力我跟谁急。

所以，有男生来约我，管他中意不中意，我有约必赴，而且谁要看电影、谁要逛街啊，我的爱好特别专一：请我吃饭就行。

就这样，我跟不同男生吃完了F市所有有名的餐厅、无名的苍蝇馆，最终谁也没答应，偶尔不经意地想：饭是不错，可惜人比涂肖然差远了。

涂肖然哪儿哪儿都好，就是球痴这点让人讨厌。我的逆反心理特别重，每次他劝我打球，我都想退出乒协。

我胡吃海塞了半个月，直到有一天在路上，听到别人提省赛，才终于想起了大家。

傍晚，天色渐暗，我低调地穿了一身黑，戴着棒球帽，压低了帽檐去球馆偷窥。刚进去我就吓傻了，人这么齐，什么情况？

卢苇正一个人对着发球机练习，涂肖然、孔励在对打，一旁，连年纪最小、技术最差的欢欢也在研究发球……

"彭灿灿！"一声嘹亮的呼喊，我差点儿腿一软蹲地上。

是齐勤。

"我靠，这也能认出来？"我一把扯下帽子。

“三个 11：0打赢我，你做鬼我都能认出来。”齐勤笑道。

果然，所有的事情都会有报应的，我是自作孽，不可活。

颜沁终于也看见我了，我一个战栗，生怕她会臭骂我一顿。可是，她居然一句话也没有说，半晌，叹了一口气。

嗯？就只是这样？

本来，我觉得自己满是道理，我对冠军才不感兴趣，可看着满屋子认真备赛的队友，忽然就有点儿心虚。

晚上我又失眠了，觉得非常对不住大家。去死吧，彭灿灿。

07

省里的比赛，颜沁还是喊了我去。她说：“虽然并不情愿，可是从理智上讲，你确实比别人打得好。”

11月，我跟着大家坐上大巴去参加比赛，一路上大家郁郁寡欢。因为我，真正想去的队友反而被留在了学校。就算再贪玩，赛场上我也是想拼尽全力的，可不知道为什么，始终都调动不起积极性，加之对手强劲，我心里一慌，身体就僵硬，步伐也不比从前灵活……最终连八强都没进去。

卢苇更惨，淘汰赛遇到了后来的冠军，大比分败下阵来。

涂肖然心不在焉地跟失恋了似的。孔励听我嘀咕，忽然拍了我一把，说，彭灿灿你是真傻还是假傻？

嗯？孔励居然说涂肖然喜欢我？

他说，之前涂肖然想见我，可每次打电话，话一出口就变成了催我去打球……搞得现在我看见他就躲得远远的，他确实觉得自己失恋了。

我彻底傻眼了。

这怎么可能呢？哪有这样喜欢别人的，每次都在电话里熊我。其实我觉得他多好啊，半个学校的女生都喜欢他。

孔励一定是骗我的。他是怕我输球太难过，对吧？

女双比赛的时候，卢苇每一场球都打得极其拼命。其实我很想告诉她，乒乓球不是傻卖力气就够了，可还没来得及说，一个几乎没可能接到的削弧圈球打过来，卢苇往前使劲儿跃了一步，竟把球稳稳击了回去。

只是，伴随着这一分的是卢苇的一声呻吟。或许别人没听到，但我清清楚楚听到了——卢苇的腰扭伤了。

卢苇根本是在玩命……本来我完全不在状态，这会儿突然吓得一激灵，鸡皮疙瘩都起来了，问她："没事吧？"

卢苇摇摇头，我终于清醒过来，打起精神跟对方死扛。我知道，自己属于爆发型选手，关键时刻敢打球。那天的比赛，本来毫无胜算，我们 0 ：2 大比分落后，可到了第三局，我生怕卢苇真把身体打进去了，心里七上八下，跟个小超人似的乒乒乓乓，居然拿下了一局。

在看台观众的欢呼里，我俩紧张得直冒汗，一个球比一个球盯得紧。最终，几乎难以置信地，我们大逆转赢了对手。第 11 分是对方反手球出界，眼看这个只有 2.7 克的小球在空中飘来飘去，最终落到球台外面，我激动地将拍子一扔跳了起来，卢苇当场就哭了，然后直接倒在了地上……

她昏过去了。

08

纵然赢了最后一场比赛，但这次乒协依然惨败而归。

王校长对我们爱答不理，同学中也有了吐槽的声音。我并不在乎这些，只是难过因为自己的偷懒，害得卢苇要拿命去打球。总结会上，我刚讲了两句，就哽咽得说不出话来。

卢苇那一声痛苦的呻吟，一直刻在我的脑海里，让我愧疚不已。可我不明白，怎么有人为了打球命都不要呢？

卢苇忽然笑了起来，她说最后一场比赛，那个自信、嚣张的彭灿灿又回来了，这样就好，等到全国赛，再把丢掉的东西一起拿回来。卢苇梨花带雨地跟我抱在一起，她说，彭灿灿对不起，我以前不喜欢你，每次看到你就想起一些事……

嗯？我愣了一下。

卢苇从钱包里掏出一张照片。照片上，应该是“卢苇”年轻一点儿的时候，一身运动服，站在领奖台上笑得春光明媚。

“哇，这是什么冠军啊，你笑得这么灿烂呢？”我大叫着，大家争相看照片，啧啧一片。

孔励忽然说：“卢苇，这是你吗，怎么感觉不太像？”

卢苇一愣。

“为什么？”

“感觉。”

卢苇愣了片刻，低声说：“这确实不是我。”

我傻眼了，这是逗我们玩呢吧？卢苇什么时候也会开玩笑了。但很快，我不笑了，因为我听到了一个不可思议的故事。

卢苇是双胞胎，有个妹妹叫卢菀。小时候卢苇太安静，爸爸就送她们去学乒乓球，没想到妹妹真的喜欢上了，打得像模像样，一路打进省队，17岁那年，又准备调入国家二队……妹妹很兴奋，说，将来有一天要拿全国冠军、世界冠军。

但是，还没来得及进国家队，她就遇上一场车祸，从此再也没法打乒乓球了……

我吃惊得说不出话来。那一刻，我忽然明白了卢苇，为什么她入校就报乒协，为什么大学的愿望是拿全国冠军……她是想替妹妹完成心愿啊。

卢苇看着我说："妹妹出事前和你一样，明朗、自信，打起球来干脆利索，可后来她几乎不笑了。第一次看到你，我就忍不住想起了妹妹，所以一直不愿和你多说话……对不起！"

"是我太像你妹妹了，对不起！"

一句话落地，身后又有个"扑哧"的声音，受死吧，涂肖然！

09

我的确是个讨厌努力的人，因为我知道，自己一旦认真就有点儿吓人。

我和从前一样笑嘻嘻的，却仿佛变成了另一个卢苇。每天除了练球，还晨跑、拉伸、蛙跳，坚持六小时的运动训练量，不到闭馆不回宿舍。

我甚至练成了一种"独门绝技"，赢了球笑，输了球也笑，搞得对手心里发毛。孔励说我被卢苇传染了，变成了一个“球疯子”。

我们深知自己的渺小，为了在全国赛中突围，大家把重点放在了双打上面，我和卢苇配合得越来越默契。

“别忘了多替我说两句好话呀。”孔励说。

“呸。”

“泡妞太辛苦了，我小时候被爸爸吊打都没这么拼命过。”

“那会儿如果知道将来会这么疯狂地打球，就不会中途放弃那么久了。”

夜色如水，我和孔励坐在乒乓球台上，笑了起来。

因为不再是队伍里“拖后腿”的，我见到涂肖然也不躲了。他喊我吃饭就跟他吃饭，喊我打球就跟他打球。尽管不相信孔励说他喜欢我，但还是偶尔开始幻想，他会不会突然跟我表白呢?

我甚至在练球的间隙，脑补了一下我和涂肖然手牵手走在校园里的场景。每走到一处,就迎来无数“唰唰唰”羡慕嫉妒恨的小眼神，我将成为全校女生的情敌，那感觉比拿了乒乓球冠军还要爽。

涂肖然说得没错，我是个脑回路清奇的姑娘。不过，显然孔励是坑我的，涂肖然没有半点儿要跟我表白的迹象，倒是害得我越来越主动了。

不行，坚决打住。我彭灿灿一世傲娇，即使打球输给他，也不能在气势上输给他。

10

花败了又开，叶子绿了又黄，一心想当吃货的我，居然在体育馆度过了一年。

这一年里，颜沁通过了论文答辩，领取了毕业证书，找到了一份不错的乒乓球教练工作，却一直拖着不肯走。签约的单位一直在催她，说三天不到岗就解约。但三天之后，刚好是我们参加全国大学生乒乓球锦标赛的日子。

备战了大半年，大家都有些紧张。卢苇总是失眠，甚至开始掉头发，孔励忽然发起烧来，颜沁心一横："去他的工作，不跟你们打完比赛，哪儿也不去。"

大赛前最后一次聚餐，吃得跟毕业散伙宴似的。

"你们知道我当年在省队打得如何吗？"颜沁忽然问。

"省队高手如云，你肯定是高手中的高手。"孔励发烧也不忘拍马屁。

颜沁笑了笑。

"省队的确高手如云，但我是高手之外的那一个。"

“鬼才信呢。”

“我当年被全家抱着厚望送到省队，但去了才明白，乒乓球打到一定程度的确是拼天赋的。无论我怎么努力，都像是鸡肋……”

颜沁指着我们：“其实你们每一个，都比我天分好，尤其是彭灿灿你，知道我多羡慕你吗？”

我嘿嘿一笑，心里暗想，基因这么好，我也很惭愧呀。

“以前你不努力我最不想管你，因为我难过、嫉妒。”

我愣了下，忽然想起许久之前，自己去偷窥队友，颜沁那一声低低的叹息。

“小时候总是不甘心，现在才明白，省队每年那么多孩子拼命打球，但梦想只是给少数人实现的。我的青春燃烧完了，青春就过去了。”

颜沁一反往常，一直笑呵呵的，我却忽然有些难过。

“所以，就算丢掉工作，我也要跟你们打完比赛。这样，我才能和青春正儿八经地告个别，梦想也就真的可以放下了。”

颜沁忽然清了清嗓子。

“没有胜利的欲望，就不要打比赛。”

“怕输，就不要打比赛。”

“不到最后一分钟，就都是零比零。”

颜沁说完，大家都傻眼了。她哈哈大笑：“还敢打吗？”

嗯？真是吓死了。我挺起胸脯响亮地回答：“我要做用乒乓球拍征服全国的少女！”

说完，背后又传来“扑哧”的笑声，真想劈死涂肖然这个挨千刀的。

11

在忐忑不安中，大赛这一天终于来临了。

单打的项目，我们意料之中没有进决赛。但女双的比赛，我和卢苇每一分都打得十分坚强，八强、四强、总决赛。

“比赛除了技术，还需要强大的心志。”我牢牢记住颜沁的这句话，卢苇在身体大方向控制下稳稳挑出直线球，利用出手的爆发力加快回球速度，我紧拉节奏不给对手调整的机会。在先输一局的情况下，我们连追两局，第四局赛点打到 10 ：9。全场观众都紧张起来，一个球转了 N 个回合，最终，卢苇抓住机会一个侧切，终于拿下了制胜的一分。

这个球刚打完，颜沁忍不住大喊着冲进了围栏。

这是 F 大第一个全国冠军。

颜沁紧紧抱着我和卢苇，恨不得把我俩抛到天上。

消息传回学校，王校长发来了消息：辛苦了。一晚上激动得没睡着觉。

但这并不是最意外的。

男女混双半决赛，居然是我、孔励对战卢苇、涂肖然。不久前还开玩笑，要一组冠军、一组亚军，得知半决赛消息的时候，我们都傻眼了。

忘记是谁先笑了出来，大家击掌约定：如果一方输了，另一方必须争取拿到冠军——这样，就只是输给了冠军而已。

不知道是不是走了狗屎运，我和孔励居然击败了卢苇、涂肖然，赢最后一个球时我心里在想：老子一定要替涂肖然拿个冠军回来。

涂肖然马上大四了，早早就决定了考研，身边的同学已经在夜以继日地复习了，他却还坚持每天到场馆来练球。因为要考研，明年就不可能再来乒协了，所以这是他最后一次参加全国赛。去年只拿了第七名，今年本想一雪前耻的，可为了配合团队双打的练习，他练单打的时间实在太少了。

很久之后孔励告诉我，那一刻他也是一样的，在心里想，就算是拼上半条命，这次也要赢一回。

不知道是不是我们两人的意念太过强大，混双的决赛上，一路如有神助，将对手直接打蒙了，以不可思议的成绩打败了上一届的冠军组合。

3：0！

最后一个球落下，全场都沸腾了。

所有人都在谈F大，在议论这几个“不知道从哪里冒出来的年轻人”。

我和孔励眼睛湿乎乎地走出赛场，涂肖然、卢苇正在门外等着我们。

比赛之前，孔励紧张得像个小学生，说拿了冠军要跟卢苇表白。可现在，他一句话也说不出来了。

看着就着急。

忽然，卢苇居然笑盈盈地冲孔励走了过去。

我这才发现，平时总是一身运动装的卢苇，今天跟开窍了似的，换了条纯白连衣裙，仙得我都看呆了，男生的目光纷纷被吸引，可怜我一个明朗少女，此刻只能当大绿叶。

“孔励同学，这是我们正式交往的第一天。”

卢苇说完，孔励愣住了，忙摆摆手，说不是这个意思，拿冠军只是想正大光明地追她，之前都是玩笑话。

卢苇看着他傻乎乎的样子笑起来，她踮起脚，凑近孔励耳畔，说了句悄悄话。

但我也听到了。

“其实从你认出我妹妹的照片不是我的时候，我就喜欢上你了。”

啧啧。一分钟后，两个人手牵手，在我和涂肖然的目瞪口呆下走远了。

“一帮重色轻友的家伙。”我愤愤道。

扭过头，发现涂肖然正盯着自己，我吓了一跳。“看什么看，没见过美女啊？”我凶巴巴地说完，忽然觉得脸有点儿烫，转身就走。

可是，在转身的一刹那，有一只手，忽然抓住了我……

从小到大，我打过无数比赛，只有这一次是最难忘的。

从未想过打全国比赛的自己拿了冠军，从未打算大学谈恋爱的卢苇有了男朋友。而颜沁，则成了带出全国冠军的教练员。

在我并不丰富的人生里，一直以为生活安逸、平安喜乐就是最好的生活。很多年后我才明白，即使平平淡淡是真，年轻的时候仍要有一次奋不顾身的努力。因为，那些闪烁着汗水的光芒，会陪伴你坚定地走完漫漫人生路。